鬼面の喧嘩王のキラふわ転生
～第二の人生は貴族令嬢となりました。夜露死苦お願いいたします～
北乃ゆうひ
Illustration 古弥月

シュガール
ショークリア

ミローナ
ガノンナッシュ

フォガード
マスカフォネ

鬼面の喧嘩王のキラふわ転生

～第二の人生は貴族令嬢となりました。夜露死苦お願いいたします～

北乃ゆうひ
イラスト　古弥月

新紀元社

Contents

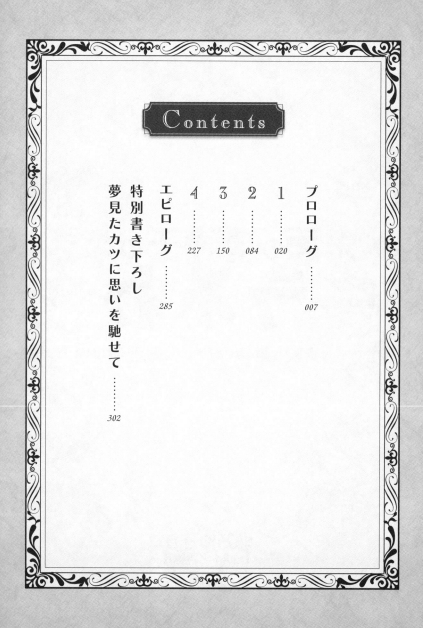

プロローグ

「よォ、鬼原《おにわら》」

ヨレたスーツを着た男性が、アスファルトに横たわる少年に声を掛ける。

黒いレザージャケットに、シルバーのアクセサリをいろいろと身につけた少年だ。背も高くガタイも良い。彫りが深く厳めしいその顔は、ことさらに凶悪に見える。

少年が閉じていた目をゆっくり開けた。

ぼんやりとした眼差しで男を見上げる。

「ああ、刑事さんスね」

少年はこの辺りでは有名な人物だ。

鬼面《きめん》の喧嘩王――そんな二つ名で呼ばれる不良少年。

だが、スーツの男は知っていた。

この少年は確かに喧嘩をしては補導されている問題児ではあるが、決して理由のない暴力は振るわない人物であると。

「誰にやられた？」

「パツキンのチビ。顔面に良いのぶち込んだんで、その辺りに転がってるはずっスよ」

周囲を見回すと、髪を金に染めた背の低い少年を見つける。

その少年の傍らには、血に染まったナイフも落ちていた。

スーツの男は、視線を横たわる問題児に戻す。

その問題児の左わき腹は、真っ赤になっている。そこを押さえている本人の左手も、真っ赤だ。

すでに救急車は呼んである。

サイレンは聞こえてきたものの、まだ遠い——

「どうして……いつもこうなっちまうんスかねぇ、オレ」

「さぁな」

「今日だって……連中に絡まれてたキレイな女の人を……助けるために……連中に……注意をするだけの……つもりだったのによ……」

「そうか」

「本当は……喧嘩って、あんま……好きじゃ……ねぇんスよ……」

「そうだったのか」

「気が付くと、喧嘩売られてて……殴り返してたら、いつの間にか、喧嘩王なんて呼ばれて……」

「何か好きなコトはあるのか？」

「……パッとは、ねぇスね……でも……」

「でも？」

「お袋の手伝い……嫌いじゃ、ねぇかも……。メシ作ったりするのとか……裁縫……とか……」

「意外だな」

【プロローグ】


「今日も、お袋……夜勤だから……。メシ作って、おいた……んだけ、ど……」

「羨ましいな。俺なんて子供はおろか嫁さんすら、メシを作り置きしてくれねぇってのに」

冗談めかして口にすれば、少年は小さく笑う。

弱々しい、かすかな笑みだ。

「お袋、オレのメシ、喜んで……くれて、たの、かな……」

「ああ。当たり前だろ」

「そっか」

安堵するようにそう呟いた少年の瞼《まぶた》が、ゆっくりと落ちていく。

「鬼原……おいッ、鬼原ッ!!」

喧嘩番長はゆっくり、ゆっくりと、息を吐いていく。

スーツの男は知っている。

人間がその生涯を終えようとするとき、肺の中の空気を可能な限り外に出そうとすることを。

救急車が到着した。

中から慌てて救急隊員が飛び出してくる。

周囲に転がり呻く不良の群れに驚きながらも、ただ立ち尽くすスーツの男のもとへとやってくる。

「通報されたのはあなたですか?」

「ああ」

懐《ふところ》からタバコを取り出し、それを口にくわえながらうなずく。

火を付け、肺を紫煙で満たしてから、スーツの男は付け加えるように告げた。

「だが、少し遅かったな」

救急隊員は、足下で横たわる少年を見て、無念を堪えるように唇を噛む。

「すまん。少し嫌味になっちまったか……。アンタらを責めてるワケじゃないんだ」

救急隊員に詫びてから、スーツの男は天を仰ぎ、紫煙を吐き出す。

「もし次の人生なんてモンがあるなら、もう少し素直に生きてみろや。周囲に流されるままに喧嘩屋なんてコトは、もうすんな」

夜空に吹かれた紫煙は、まるで少年の魂のように昇っていき、やがて月に吸い込まれるように、霧散していった。

【プロローグ】

本当に本当に、偶然だった――


赤き神は、衝動的に直感的に無作為に、何かやらかすクセがある。

楽しいことが好きでいたずら好きな赤き神は、その日、好奇心から世界と世界を隔てる壁に……

日本人的に言えば、障子紙にズブリと指を刺し、穴を開けてしまう程度のことをした。

ただそれだけのこと――と言えばその通りだ。だが、ただそれだけのことが大事《おおごと》となったと言うべきかもしれない。

その瞬間に、この世界『スカーバ』と『地球』という世界が、わずかな間、繋がったのだ。赤き神の意味なき戯れで。

その穴は地球の日本という島国のとある街に一瞬だけ開いた。

穴の開いた僅かな時間、今まさに地球において死を迎え、浮かび上がったばかりの魂が、そこへと吸い込まれ、スカーバの神界へと迷い込んできてしまったのである。

赤き神は衝動的だ。感情的でもある。

故に、その魂を白き神に見せたあと――脱兎《だっと》の如く逃げ出した。赤き神は説教が苦手なのだ。叱られることを嫌うのだ。

白き神は途方に暮れた。赤き神が本気で逃げ続ける場合、千年程度では捕まえられない。ならばこの魂をどうするかを自分が判断せねばなるまい。

すぐに魂を地球へ返そうとしたのだが、すでに穴は塞《ふさ》がっている。

次元の修復力というのは神の力をも容易に凌駕するのは知っているが、今回はそれが裏目に出ているようだった。

白き神は高潔であり、生真面目《きまじめ》であり、融通の利《き》かない神だ。だが慈悲はある。純粋でもあるし、ことと次第によっては自己犠牲も辞さない。

故に、すぐに最上位の神、創造神である父へと相談に向かう。

すると、偉大なる父はこう言った。

『人間は、運命とは我々神が作った道のようなものだと信じている。だが、事実は違う。神もまた運命に翻弄される身だ。故に運命などと言うものは存在しないとも言える。だが運命などというものが実在するのであれば、この魂が、我らがスカーバに迷い込んだコトを運命と呼べるのではないだろうか。で、あるならば――その重なり合う偶然に、迷い込みし魂の道行きを任せるのも一興であろう。赤以外の者に相談し、その道行きを見守ってやるが良い』

そう言って、偉大なる父はささやかな祝福を魂に与えた。

白き神は一礼をして、ほかの神のもとへと向かう。

実はここ最近、スカーバでは大きな出来事が少なく、暇を持て余していた偉大なる父が、これ幸いにと思いついたことそれっぽく口にしただけなのだが、白き神には預かり知らぬことである。

その魂が、スカーバという世界のカンフル剤になったら楽しいのにな――などということを偉大なる父が考えていたなどとは、白き神は気づかない。

そうして白き神は、仲の良き者――青き神と翠《すい》き神の二人、そして犬猿の仲である黒き神に声を掛け、事情を話した。

それに対して、一番の嫌悪を見せたのは黒き神だ。

黒が司《つかさど》るものに死が含まれる。

赤のくだらないいたずらで、別の世界の死の在り方を冒涜したことが許せないのであろう。

『まったく、赤の大馬鹿者めが』

もともと陰鬱な顔を殊更に陰鬱に歪めて、黒き神がうめく。

『白。我らが父は、この魂が巡り合う偶然に任せよと言ったのだな?』

『ああ。だが、我にはどうして良いのかがわからぬ。偉大なる父は、皆と相談せよとのコトだったのだが』

白き神と黒き神の仲は悪いとはいえ、こういう事態で牙を剥《む》き合うほど愚かではない。

『……お前が判断をできぬのならば、少し俺に任せてはくれぬか? 運命と偶然の巡り合わせが起きた場合、多少の禁忌には目を瞑《つむ》れ』

黒き神の言葉に、白き神は逡巡する。

本来――規律と法を司る白き神にしてみれば、それは反対を示したい言葉ではある。だが、偉大なる父が偶然の巡り合わせに任せよと言ったのだ。

『良いだろう。この件に関しては、目を瞑る』

『お前の司る規律や法に目を瞑らせる苦痛、詫びておこう』

真摯な態度で黒き神は白き神にそう告げて、翠き神に向き直った。

『翠《みどり》。お前の力で、今まさに生まれようとしている人の仔を探してほしい。その中から、死産しそうな者を俺が探る』

『構わないけど——死産の運命を変えるのかい？』

『そうだ。今この瞬間に、この魂に適合する肉体が死産するのであれば、それは偶然の巡り合わせだ。違うか？』

『そうさね……偶然と運命の巡り合わせ——いいよ。やってあげるよ』

『自然と生命を司るお前にも苦痛を与えるな。すまん』

『気にする必要はないよ、黒。生まれるべき命が、生まれてまもなく消える儚さは、命を司る者としても少し悲しいものだからさ』

そう笑ってみせる翠き神に、黒き神は礼を告げ、続いて青き神へと向き直った。

『青』

『ふふ。声を掛けてくれるのを待ってたわ。私は何をすればいいのかしら？』

『この魂が異世界から来たという偶然を生かしたい』

『魂への記憶の定着——つまり、生前のこの魂の記憶を残せばいいのかしら？』

『そうだ。知識や書物、蒐集《しゅうしゅう》を司っているお前であれば可能だろう？』

『できるけれど、完全ではないわ。もちろん完全に全てが定着するコトもあるけれど、一部の記憶や知識だけってコトもありえるわ』

『結果が安定しないコトは問題ではないな』

『それに――この魂に定着させてしまうと、数世代の間は一定の知識が定着したままになってしまう可能性があるわ』

『どちらもまた偶然の巡り合わせだろう？　それに、今回は人間への転生だが、次の生が知性の高い生き物とは限らぬ。草木であれば魂に刻まれた知識に何の意味もない。そうであれば、それもまた偶然と運命の巡り合わせだ』

『なるほど、面白そうね。この魂は、どんな知識や書を遺して生きるのかしら？』

あれよあれよと進んでいく光景に、白き神は何とも不思議なものを感じていた。

本来であれば、たかだか人間の魂ひとつごときに、五彩神《ゴズ・ホイーラ》がここまで協力し合うことはないだろう。

赤き神のいたずらでこの世界に迷い込み、
白き神が魂の扱い方を創造神に尋ね、
創造神の言われるがまま、ほかの神に相談し、
黒き神が指揮を執り、
翠き神と青き神が協力する。
（これが運命と偶然の巡り合わせだとしたら――この魂は、人間界に生を受けたとき、どのような人生を歩むのか……）
そう考えていると、ささやかな祝福を与えた偉大なる父のことを思い出した。

『準備ができたようだな』

『待ってほしい』

黒き神が魂を送り出そうとするのを、白き神が止める。

『どうした?』

『なんてコトはない。らしくないとはわかっているが、珍しく気まぐれを起こしたい気分でな』

告げて、白き神は、本当にささやかな祝福を投げる。

『その道行きが、高潔なる道であるように』

『白が気まぐれとは珍しいじゃないか』

そう翠き神が笑い、自身もささやかなる祝福を投げた。

『その道行きに、意味ある生命が満ち溢れんコトを』

『では、私も送りましょう』

青き神も、ささやかな祝福を投げる。

『その道行きに、意義ある知恵と集積がありますように』

『では、俺も送るとするか』

続けて、黒き神も祝福を投げた。

『その道行きの終着が、良き死であらんコトを』

そして――その光景を陰からこっそり見守っていた赤き神も、仲間にならって、小さく祝福を投げる。

【プロローグ】


『その道行きに、楽しき感情と友愛よあれ』

どこからともなく飛んできた赤の祝福を見、黒き神は白き神に目配せをした。

その視線の意味を理解した白き神は、その背に純白の翼を作り出し、ふわりと浮かびあがる。

『異世界の魂よ。すまぬがお前を呼び寄せた馬鹿を捕まえるため、一足先に離席させていただく。この世界で清く楽しく過ごしてもらえれば幸いだ。ではな』

そうして飛び去る白き神を見ながら、翠き神は黒き神に苦笑を見せた。

『普段、顔合わせれば喧嘩ばかりなのに、意外と息は合うから不思議だね。アンタらは』

『俺から喧嘩を売ったコトはないんだが……』

『あなたの態度が癪《しゃく》に障《さわ》るのだとは思うわ。白は真面目で融通もあまり利かないから』

『ふつうに接しているつもりなのだが……』

『普段は皮肉や含みが多すぎるのよ、あなたは。あと、揚げ足取りとか、やる気のない態度とか』

『そんなつもりはないのだが』

そういうものか――と、黒き神は肩を竦《すく》めて、魂を両手で優しく手に取った。

『改めて、準備は整った。これよりお前を転生させる』

三神の前に古びた井戸のようなものが現れる。

その井戸の上で、黒き神はゆっくりと両手を傾けた。

『異世界からの魂よ。これより新たなる人生の始まりだ』

黒き神の手からこぼれた魂が、ゆっくりと井戸の中へと落ちていく。

その魂に、黒、翠、青だけでなく、
白、赤――そして創造神も、同じ言葉を魂へと贈る。

――地球の仔よ、我らが世界にて、良き来世を――

前世の名前は鬼原醍醐《だいご》。

彼は――

統一神歴にして一九七四年。
この大陸における独自の暦、新陸歴にして五九一年。
茶月《さつき》の第四週。茶《さ》の曜日。
まもなく、茶月《十二月》が終わり、新たなる銀月《一月》が始まらんとする時刻。
まだギリギリ茶月と言える時刻に、新たなる命が産声をあげる。

――彼女となった。

【プロローグ】

今世の名前はショークリア・テルマ・メイジャン。愛称はショコラ。
かつて鬼面の喧嘩王として恐れられた少年は、愛らしい女の子として、この世界『スカーバ』へと生を受けることになったのだった。

1

新陸歴五九七年。

(馴れるモンだな、こういうのも)

自室の鏡に映る自分を見ながら、五歳になって少し経ったショークリアはぼんやりとそんなことを考える。

燃えるような赤い髪は丁寧に梳《す》かれ、肩より少し下くらいまで緩やかに流れている。

深い茶色の瞳は、この歳にしては思慮深く知性が溢れていると言われることがあった。

(女としての自覚もあるし、女として生きていくのも違和感がねぇってのはありがたい)

前世の自分とは似ても似つかぬ綺麗な容姿だ。将来的には間違いなく美人になることだろう。

(まぁ今世の両親はイケメンに美女だからな。こうもなるか)

父譲りの髪に、母譲りの瞳の色。やや切れ長で鋭く見える眼差しは、どちらのものでもないようだ。

(フリルやレースにも意外と抵抗感のなかった自分にびっくりだ。カワイイ服ってのも悪くねぇな)

鏡の前でくるりと回って、笑顔を浮かべる。鏡を通して見るその姿に、ショークリアは一つうなずいた。

(うんッ、オレ可愛いッ!)

可愛いとかカッコいいとか綺麗とか——容姿を褒《ほ》めるような言葉というのは、前世では本当に縁遠かった。

それをこうして実感できる今世に感謝しかない。

自分が死んだという実感があったのに、次に意識が浮上したら赤ん坊だったときはさすがに混乱した。その混乱は赤ん坊だった自分の感情を刺激し、大泣きとなってしまったほどだ。

ほどなくして冷静になり自分の置かれた状況を把握した。

日本で目を閉じた時点で鬼原醍醐という人間は死を迎えたと理解する。

その瞬間、今の自分はショークリア・テルマ・メイジャンなのだと受け入れられたのだ。

そのあとで、自分が女として生まれたことにまた混乱はするのだが、それもしばらくすれば馴れてしまった。

容易に、それを受け入れたのには理由があった。

前世の母親のことだ。

（前世のお袋には、迷惑を掛けすぎた）

醍醐の父親は、醍醐が小学生になった頃に蒸発してしまった。それ以降は母親と二人で生きてきた。

——だというのに、高校に上がる頃には喧嘩屋と呼ばれるようになり、気が付けば喧嘩王だ。本当に迷惑ばかりをかけてしまっていた。

もともと強面《こわもて》で、何もしてないのに筋肉質で運動のできる大きな体を持っていた。

気づけば喧嘩を売られ、そして返り討ちにしていく。

不良のレッテルを貼られ、それでも自分が睨みを利かせていれば、タチの悪い不良たちは街の連中にちょっかいを出さない。

なら、もっと不良っぽくなってやる。怖《こえ》ぇ格好をしてやる——

ピアスをつけ、髪を染め、大して好みではないがワルっぽく見えるデザインやイメージの服やアクセサリを身につける。常に周囲を睨みつけるように歩き、肩で風を切る。

らしくない——そう思いながらも、やめられなかった。

その結果が、前世の終わりに繋がってしまったのだ。

補導されることを繰り返し、あげくの果てには命を落とした。

こんな自分を見捨てることなく、叱り飛ばし、時には褒めて、ずっと育ててきてくれた母親に、なんと酷い仕打ちをしてしまったのか。

その後悔は、前世の記憶というものを持ってしまった以上、ずっとつきあうことになるだろう。

同時に、そんな記憶があるからこそ、この新しい人生はもっと大切に生きていこうと、覚悟をキメた。

(今世では、もっと家族と自分を大事にしてぇ)

その意志《思い》こそが、ショークリアとしての生と性を受け入れる切っ掛けとなったのだ。

そして、一度受け入れてしまうと、女も案外悪くないと気づいたのである。

——コンコン

鏡の前でポーズを取りながら思案していると、部屋のドアをノックする音で現実に引き戻された。

「はい」

「ショコラお嬢様。ココアーナです。入ってもよろしいですか？」

「どうぞー」

メイジャン家に仕える侍女長ココアーナが一礼をして、入ってくる。

「ご自身でお着替えに？」

「どうかな、ココ？　似合わない？」

見て見てとばかりに、軽く腕を開きながらココアーナに見せると、彼女は微笑みながらうなずいた。

「いいえ。よくお似合いです」

「やった」

自分で選んだ服を褒められるのは、素直に嬉しい。これも前世ではなかったことだ。

「ですが、少し整えさせてくださいね」

「はーい」

ココアーナは馴れた手つきで、ショークリアのおかしな部分を直していく。

後ろ髪は、リボンを使いうなじ辺りでまとめてくれる。

「お嬢様は頭の上よりもこういうところにつけたほうがお似合いですね」

「微妙に男の子っぽく見えるような……」

「ふふ、そこもお嬢様の魅力になります。磨いていきましょう」

そう言うココアーナは実に楽しそうで、ショークリアは改めて鏡に映る自分を見た。

すっきりした顔立ちと鋭く見える双眸《そうぼう》は、中性的に見えなくもない。将来イケメンになるのでは――と言われたら、そうも見える。

「ココは、わたしに男装してほしいの？」

思わずそう尋ねると、ココアーナは何度も目を瞬《しばたた》き――その手があったか、と手を打つ。

「いつか来る日のために、その用意もしておきますね？」

「それも楽しそうかも？」

目を輝かせるココアーナに、ショークリアも目を輝かせながらうなずいた。

家族を大事にする――それともう二つ。

やりたいことをやってみる。

その場その場を楽しんでみる。

それが今世における人生指針であった。


着替えを終えたら部屋を出る。

部屋の外で待っていたのは見知った顔だった。

艶やかな黒髪に綺麗な翡翠の瞳をした、ショークリアより少し年上の少女。ココアーナそっくりな彼女は、ココアーナの娘であるミローナだ。

「おはようございます。ショコラお嬢様」

「うん。ミロもおはよー」

丁寧な仕草でお辞儀をするミローナはショークリアより四つ上の九歳だ。

ミローナは生まれたときから、母であるココアーナより、メイジャン家の優秀な侍女になるべく教育を施されており、ショークリアが生まれてからは、ショークリアの専属侍女になるべく指導されているらしい。

そうはいってもショークリアにとっては、昔から一緒にいてくれる優しくて頼りになるお姉ちゃんという面が多分にある。

今のようにココアーナがいたり、ほかの侍従たちがいたりする前などではかしこまった態度を取るものの、二人きりのときはふつうに友達のように接していた。

「ではミロ。ショコラお嬢様を食堂へ」

「かしこまりました」

そうしてココアーナは、ミローナと交替する。一礼をしてこの場を後にするココアーナと別れ、ショークリアはミローナを伴って歩き出した。

二人はショークリアの前ではあまり親子っぽくない。むしろ上司と部下そのものだ。その辺りも、ココアーナはきっちりと教育しているようである。

——とはいえ。

「ミロお姉ちゃん」

「お願いショコラ。真面目な顔が緩んじゃうから仕事してるときはお姉ちゃんとは呼ばないで……」

ココアーナからすればまだまだと言われるミローナは、こうやってショークリアから笑顔を向けられると、自分で言うとおり顔が崩れてしまうのだが。

「ほかの人に見られたら怒られちゃうから」

「はーい」

もちろんショークリアとしても、ミローナが怒られてほしいわけではないので素直に返事をする。

(最初は貴族の娘なんてどうすりゃいいんだ——って思ったけど、なんも問題なかったな)

前世の生活や利便性を思うと不便なことばかりだし、勝手が違うことも多い。だが、赤ん坊からスタートという部分は非常にありがたくもあった。

急に見知らぬ環境に放り出されたワケながら、突拍子もないことをやっても、子供だからと許してもらえるのだ。

あとは、その後で教えてもらえることをちゃんと覚えればいい。

(今は馴れない作法とか常識も、もうちょっとすりゃ馴れるだろ)

ショークリアはそう暢気に構えている。

不慣れなことも上手《うま》くいかないことも、意外と楽しいものだと考えられるようになったのは自分でも驚くべきことだ。だが、そう思えたことで今世を生きていくことに肩の力も抜けたのである。

（ま、そうは言っても、どうしても馴れねぇモンもあるんだけどなー……）

食堂の扉の前まで来ると、ショークリアは足を止める。

それと共にミローナが前に出て、扉を開いた。

「どうぞ、お嬢様」

「ありがとう」

ミローナに促されるまで待ってから、ショークリアは足を進めた。

中にはすでに母マスカフォネ・ルポア・メイジャンが席についている。

「おはよう。お母様」

「ええ。おはよう。ショコラ」

ショークリアは自分の席まで歩みを進めて、足を止める。

マスカフォネと挨拶を交わしている間に、入り口の扉を閉めていたココアーナが追いついてきた。

「お父様とお兄様は？」

「フォガードはお仕事よ。ガノンナッシュもそれに付いて行ったわ」

どうやら、今日の朝食は母と二人きりのようだ。

そこはあまり問題ではないのだが。ミローナが引いてくれた椅子に腰を掛けながら、マスカフォネを見る。

（前世のお袋もキレイな人だったけど、今世のお袋はケタが違うよな）

何度見てもそう思ってしまうのだ。

実際、母はこの国でも上位に入る美人なのだと父がよく口にしている。

さすがに父の贔屓目《ひいきめ》のようにも思えるが、あながち嘘でもなさそうだ。

透き通るような銀の髪。思慮深くそれでいて意志の強そうな光を湛える深い茶色の瞳。スマートな身体つきながら、豊満な胸の持ち主だ。だが決してアンバランスではない。マスカフォネは見れば見るほど二児の母とは思えぬ若々しさを保った女性だった。

「侍女の仕事が随分とサマになってきましたね。ミロ」

「ありがとう存じます」

マスカフォネに褒められたのが嬉しいのだろう。ミローナの口元が少し震えている。本当は思い切り喜びたいのを我慢しているようだ。

「では、お二人がお席に着きましたコト、厨房に報告して参ります」

「ええ。お願いするわね」

その場で丁寧に一礼をし、ミローナは入り口のドアまで下がる。

それから、ドアの前でもこちらへと一礼してから、退室していった。

前世では礼儀作法なんてものに縁のなかったショークリアからしてみれば、九歳にしてここまでできるミローナに感心してしまう。

「ミロ、すごいがんばってる」

「ええ。本当に。さすがはココの娘ね」

ショークリアが褒めると、マスカフォネもまるで自分のことのように誇らしげに笑う。

母とココアーナとは古い付き合いだそうだ。もしかしたら、今の自分とミローナのような関係なのかもしれない。そう思うと、マスカフォネが自分のことのように誇らしげなのも理解できる。

そのまま母と談笑をしていると、食堂の扉が開いた。

「失礼いたします。朝食をお持ちしました」

一礼し、ココアーナがワゴンを押しながら入ってくる。

(ついに今日最初の試練が来ちまったか……)

その試練は日に三度やってくるのだ。

……まだ母乳を飲まされていた頃や、離乳食を食べていた頃はまったく気にならなかった。だが、家族と同じふつうの食事を与えられる頃になると気づいた。気づいてしまった。

その頃にはショークリアの味覚もだいぶ発達してきたというのもあるのだろう。

並べられる皿を見ながら、ショークリアはこの瞬間だけは前世の記憶が残っていることを呪う。

(この世界、メシが不味《まじ》ぃンだよなぁ……)

どうしても、味を比べてしまうのだ。

この世界の料理は、基本的に食材の味を生かす——と言えば多少の聞こえはよいが、それだけだ。

そんなことを考えながら、ショークリアは自分の前に並ぶ朝食を眺めた。

「ではいただきましょうか。ショコラ」

「はい」

胸中で試練だと思っていることは表に出さないように努めて平常心でうなずく。

「食の子女神《リ・ゴズデイツ》クォークル・トーンよ。此度《こたび》もまた、その恵みと研鑽による施しに感謝を。この思いを捧げながら、この朝食をいただきます」

「いただきます」

マスカフォネと共にショークリアも祈りを捧げ、食事に取りかかる。

まずはダエルブ。なんてことはない。小麦を練って焼き上げたもの。ようするにパンだ。見た目は黒っぽいが、味は前世で食べていたフランスパンに近い。ただ皮《クレスト》だけでなく、内側も結構堅い。正直、飲み物なしで食べようとすると、顎が死ぬ。あとだいぶ塩が利いているので喉も死ぬ。ついでに口の中の水分も死ぬ。

それでも、ショークリアにとってこれはまだ美味《おい》しい部類のものである。

次に、今日のスープだ。

大人の親指ほどの太さで、緑色の木の枝のようなものが一本、透明な液体の中に沈んでいる。その姿は、穂先の切り落とされた前世のアスパラガスに似ていた。

「スガラパサが食卓に並ぶと、春が来たのだと実感するわね」

「春の野菜なの？」

「ええそうよ。春先に採れるスガラパサは非常に柔らかく、筋も少ないの。ただでさえ美味しい春のスガラパサが我が家の料理長シュガールの腕に掛かれば、こんな美味しいスガラパサのスープになるのよ」

そう言いながら、マスカフォネはスープの中のスガラパサをナイフとフォークで切り分け、口に運ぶ。その表情は実に美味しそうである。

去年食べただろうか――そんなことを思いながらも、ショークリアも母に倣《なら》って口に運ぶ。

(お。これは割とイケるぜ)

味も触感もアスパラガスによく似ていた。

マスカフォネの言う通り、柔らかく煮込まれたスガラパサは筋がなく、ほろほろとほぐれるようだ。スープの塩気を吸っているのか、程良い塩味を感じる。その塩味が、スガラパサの持つ風味と甘みを引き出してくれているようだ。

ただ同時に、どこかもったいないと感じてしまった。

旨みと甘み、ほのかなえぐみにも似た苦み。それらが合わさって非常によい味に感じるのに、だ。

(これだけ美味《うめ》ぇのに、どこかボヤケたというか、弱った味がするんだよな……たぶん、茹ですぎなんだと思うんだけどよ)

何ともなしにスープを口にすると、思わず苦笑が漏れそうになった。

(ただの塩水だな、これは)

スガラパサの風味が溶けだしているわけでもない。本当にただの塩水ならぬ塩湯だ。

それでもスパラガサと一緒に口にする分には問題なさそうだ。

スープの味の確認が終わると、赤ワインに似た色の果実水が入った金属製の酒杯《ゴブレット》を手に取る。

(ぶっちゃけ、これが一番美味いと思う)

これはエニーブという果実の果汁を水で割ったものだ。エニーヴの実物を見たことがないので、どんな果物なのかは知らないが。

ともあれ——土地柄、水そのものよりも酒や果実水を常飲することが多い。

大人はエニーブの果実酒などを嗜むが、子供はそうもいかない。この国では、酒精《しゅせい》は子供の成長に良くないと研究されているので、成人とされる年齢まで飲めない。

なので、子供であるショークリアには、果実水が与えられるのである。

味はブドウに近い。ブドウの持つ、口に残る渋みのようなものがなくなったブドウジュースだ。すっきりした甘みのエニーブの果実水は、ショークリアのお気に入りでもあった。

エニーブの果実水で口直しをしたショークリアは次の皿に意識を向けた。

そこには、くし切りされた薄紅色のものが載っている。ピンルットという野菜だ。

四等分にくし切りするだけで一口サイズになるピンルットの味はカブに近い。茹でて柔らかくなったそれに、塩花《トルース》という名前の塩と、ストルマオイルというオリーブオイルに似た油を掛けたものだ。

(これはそこそこ美味ぇんだよな。よく食卓に出てくるし、結構好きだ)

柔らかく茹でられたピンルットは、噛みしめると口の中に甘みが広がる。それにストルマオイルのクセのない風味と塩花の塩気が合わさり良い味になるのだ。

初めて食べたときは塩辛すぎたので、ショークリアはかなり塩花の量を減らしてもらっている。

今日の朝食は比較的食べられる——そう思っているのだが……。

(やっぱ、出てくるか。謎のペースト料理……)

ピンルットと共に、かなりの頻度で食卓に並ぶそれが、ショークリアは嫌いだった。

料理名はエッツァプ。この国の伝統料理で、貴族も平民もみんな好んで食べるという。

茹でた豆と、茹でた野菜を粗くすりつぶして混ぜ合わせたようなものだ。それに、細長い種のようなものが和えられ、塩花で味を調えられている。

茹でられている豆も甘みと一緒にほのかな苦みを持っているようだ。

そして、ピーマンに似た味の野菜と、苦みの強いレタスのような味の野菜が合わさり、苦みが三重奏を奏でている。

豆や野菜の甘みも感じるのだが、とにかく苦みと青臭さを感じてしまう味なのだ。

そこに加えて、細長い種のようなもの――ニームックという花の種がきつい。独特の強い香りを持ち、ほのかな苦みと、ピリっとした辛みを感じるのだ。

香りは青臭さと喧嘩してしまっているし、苦みが四重奏になるしで最悪である。

そしてトドメは、強すぎる塩花の塩辛さだ。正直、どんだけ入れてるんだよと叫びたい。

そのまま食べたり、ダエルブに塗って食べたりもするのだが、どちらであっても厳しい。

そもそも、ダエルブそのものが塩味の強いパンだ。塗ったら塩味がキツくなりすぎる。

しかもこのエッツァプには、ほのかにカレーを思い出す香りというか風味が混ざっている気がするのが、殊更に辛《ツラ》い。

(それでも、少な目によそってもらってる以上、ちゃんと食わねぇとな)

エニーヴの果実水はまだ残っている。

（よっしゃあッ、気合い入れて流し込むかッ！　残すのは作ってくれたシュガールたちにも申し訳ねぇしなッ！）

もちろん、前世のように皿を持ち上げて流し込むわけにはいかないので、小さなスプーンで優雅に、だ。

これでも、今日の朝食はまだマシなほうである。

（とはいえ……そろそろマジな対策を考えてぇところだよなぁ……）

日々の営みに食事は常について回るのだ。

何か手を打たない限りは、食事時だけ気持ちが沈んでしまいそうである。

口の中のエッツァプをエニーヴの果実水で、のどの奥に流し込みながら、ショークリアは思考を巡らせるのだった。

マスカフォネは、食事のときは常にショークリアを気にかけていた。どうしても、その表情が気になってしまうのだ。

今日の朝食もそうだ。

春のスガラパサの説明をすると興味を持ったように口に運ぶ。

どうやら、春のスガラパサはお気に召したらしい。

その後、スープを口にして顔をしかめていたが。

彼女はいつもそうなのだ。

塩花の味が濃いものは、あまり好まない。

今日のスガラパサのスープは、これでもだいぶ控えめの味になっているのに、だ。

エニーヴの果実水がお気に入りなのは知っている。それを口にしたときの愛らしい顔は、何度も見ていたくなるほどなのだから。

だが——今、果実水を飲んだのは口直しなのだろう。

ゴブレットを置き、今度はピンルットのサラダを口にする。これには顔が綻んでいる。

ピンルットに、少量のストルマオイルと少量の塩花をまぶしたものが、お気に入りみたいなのだ。

美味しいストルマオイルをたっぷり絡め、美味しい塩花をふんだんに使った、自分に出されたピンルットのサラダを口にしながら、マスカフォネは人知れず首を傾げる。

あれでは、ストルマオイルや塩花の味を楽しめないのではないだろうか。ピンルットの持つ甘みと一緒に楽しむのは最高だと思うのだが。

ショークリアは最後にエッツァプに手を付ける。その表情から、今日もエッツァプがお気に召さなかったのがわかる。

本人は周囲に気取らせないように表情を繕っているつもりだろうが、社交界に馴れたマスカフォネには、バレバレだ。

だからこそマスカフォネは申し訳ない気分になる。

上の子——ガノンナッシュが五歳の頃は、自分の気に入らない味は「不味い」「いらない」などと口にして、自《みず》ら遠ざけたものだ。

だけど、生まれた頃から気遣いというものを知っているかのように振る舞う彼女は、ここでも気を使っている。自分の口に合わずとも周囲に気づかせないように、何事もなく食べる行為は、貴族の振る舞いとして正しいものだ。

けれども——それは五歳の振る舞いではない、とマスカフォネは思ってしまう。

ピンルットのサラダの味付けについて、珍しく我が儘を言ったときは嬉しかったものだ。

もっとも、その後、こうして欲しいという味付けまで明確に口にしたのは、やはり子供らしくない。

なにしろ自分の嗜好を正しく把握しているのだから。

その際に、全体的にショークリアの好みに合わせた味付けにしようかと、料理長のシュガールが提案したことがあった。

だが、そのときも彼女は首を横に振った。

ピンルットのサラダのように、皿に盛ったあとで味付けを調整できるものだけ、自分好みにしてくれれば良い、と。

恐らくショークリアは、塩花の濃い味付けが苦手なのだろう。

しかし、ニーダング王国の料理といえば塩花をふんだんに使うものだ。

ショークリアはそれを理解したうえで、自分の嗜好がズレていると気づいているのだ。だから、持ち前の気遣いを発揮して、無理をしている。

「今日の恵みを与えてくださった食の子女神《リ・ゴズディイツ》クォークル・トーンよ。そしてその天恵を形作った者たちに感謝を。ごちそうさまでした」

そして、彼女はいつも綺麗に全てを食べきる。

それだけではなく、ショークリアは食の子女神にだけではなく、厨房に勤める者たちにも食後の感謝を捧げるのである。

「ショコラ」

「なんでしょう、お母様？」

その姿を見るたびに、何とも言えぬ気持ちになってしまうのだ。この心優しい娘に、こんなにも我慢をさせてしまっていることに。

「食事がつらいなら、残してもいいのよ？」

本来、食事において残すことは好ましいことではない。とはいえ、自宅での毎日の食事程度であれば、構わないだろう。

そう思って声を掛けると、ショークリアはどこかショックを受けたような顔をする。

それはそうだろう。本人はそれを隠せていると思っていたのだから。

「ありがとう、お母様。でも残すのはクォークル・トーン様とシュガールたち料理人と、この料理が食卓に並ぶまで……食材や食器含めて関わった全ての人に対して失礼だから」

ニコリと笑うショークリアに、マスカフォネは驚愕する。

よもや、クォークル・トーンや料理人だけでなく、それ以外のものにまで感謝を捧げていたとは。

同時に心も痛む。食事は大事だが、それ以上に娘が大事なのだ。だが、どうして良いかがわからない。

「そう……」

これでは母親失格だ。

ショークリアがこれほどまでに家族や従者たちへ気遣いを見せているのに、母親として娘に何もしてやれないなど――

必死に思考を巡らせたとき、ふと思いついたことがある。

それが、娘の慰めになるかどうかまではわからないが――

「ショコラ。時間があるときに、シュガールのもとを訪ねてはどうかしら？」

「料理長のところに？」

「ええ。彼は王城勤めの宮廷料理長からも認められた腕を持つ料理人なの。なのに庶民の中でも下層の出身というコトで、家格が足らず宮廷料理人にはなれなかった人なのよ」

生まれのせいで、その才能を生かす職場に就けないというのも不幸な話だとは思う。ショークリアもそう思ったのか、随分と沈んだ表情をさせてしまった。

「勿体ない話ではあるのだけれど、だからこそ我が家で雇うコトができたのだから、そこには感謝したいところね」

何よりシュガールが我が家の料理人であることを誇ってくれているのは、雇う側としてもありがたい限りだ。

「そして彼は、料理に貪欲なの」

「どういうコト？」

「常に美味しい料理、新しい料理に餓えてるのよ。その姿は時折、戦場で血を求める狂戦士であるかのように錯覚するコトもあるほどに」

「それは料理人に対する例えとしてどうなのかな？」

困ったような顔で首を傾げるショークリア。

しかし、何か思いついたような顔もしていた。

その表情には見覚えがある。

ああいう顔をしたショークリアはよく突拍子もない行動を起こすのだが、結果として良い成果をあげることがあるのだ。

「食事に対する貴女の独特の嗜好は、シュガールのやる気に火を付けているみたいなのよ。本来、あまり好まれるコトではないし、貴族としては良いコトではないのだけれど、シュガールが許可するようであれば、貴女の厨房への出入りを許可するわ」

そのときに、ショークリアが間食をすることで小腹を満たせれば、苦手な料理を多く食べる必要もなくなることだろう。

「今日すぐには無理かもしれないけれど、明日以降は厨房に入れるかもしれないわ。どう、ショコラ？」

「ありがとう、お母様ッ！　是非ともシュガールに聞いておいてくださいッ！」

両手を合わせ目を輝かせるショークリアの姿に、マスカフォネはそっと胸をなで下ろす。

これで食事に関して、娘にとって良い方向に進むなら、幸いだ――と、マスカフォネは神へと祈る。

（人の進歩の行く末を見守りし青の女神《ゴズデアイラン》トレ・イシャーダ。人の感情と感覚の行く末を見守りし赤の神《ゴズマウンタ》ハー・ルンシヴ。我が娘――ショークリアの感情が良き進歩になるよう見守ってください）

マスカフォネは、そう切実に願わずにはいられなかった。


そんな母としての切実な祈りに対し、ショークリアの行く末を興味本位で見守る五彩神《ゴズホイーラ》の一柱トレ・イシャーダがサムズアップしていたことなど、当然マスカフォネが知ることなどないのであった。


母から厨房への出入りを提案されてから数日たった本日……。

――今日は料理長シュガールからの許可が下りた日だ。

ショークリアは、それはもう嬉しそうに屋敷の廊下を歩いていた。

（シュガールが宮廷料理人候補と聞いたときは、絶望感ハンパなかったけどな）

つまり、メイジャン家の食事の味は宮廷料理に匹敵するレベルということになるのである。

それがあれだと知ってしまった絶望感ときたら――

（だけど、シュガールが料理に対して貪欲というのは良い情報だったぜ）

自分の独特な嗜好に対して文句は言わず、むしろ喜ばせるメニューを考えようという気概がある人物が料理長というのは朗報だった。

「嬉しそうですね、お嬢様」

「うん。シュガールとは料理のお話をしたいと思ってたの」

答えると、斜め後ろを歩いていたミローナが不思議そうな顔をした。

確かに五歳の貴族令嬢が口にする台詞《セリフ》ではなかったかもしれない。

「ええっと、ほら。シュガールはわたしの分だけ、味を変えてくれてるから」

ショークリアが慌てて誤魔化すと、ミローナはそういうことかと納得したようだ。

これがココアーナだったら誤魔化したことを見抜かれそうなので、一緒にいるのがミローナで良かったと、ショークリアは思うのだった。


なにはともあれ、そうしてショークリアは厨房へとやってきた。

「お邪魔します」

【1】


「いらっしゃい、ショコラのお嬢」

優しく迎えてくれたのは、ここの料理長であるシュガール・トウキスだ。

四肢が丸太のように太い大男。前世の感覚からすると、傭兵か武器屋のおっちゃんが似合いそうな風貌である。口の周りにはライオンのたてがみのように髭が生えており、腕やスネなどの毛も濃いことから、熊のような男とも言われていた。

そんな強面な風貌をしているものの、アメジストのように輝く紫色の瞳は優しく、そして常に情熱に燃えている。

「奥様から聞いてるぜ。厨房が見たかったんだって？」

シュガールはこの領地の古参だ。そして古参の多くはメイジャン家に対して気安い者が多い。彼もそんな中の一人だ。

「うん。料理のお話をしてみたいと思っていたの」

腰を曲げて、ショークリアに視線を合わせてくれるところから、シュガールの人柄が出ているようだ。

「料理の話？」

「わたし向けのピンルットのサラダ。味見はしてる？」

「そりゃあ、もちろん」

シュガールがそううなずきながら、腰を戻す。

「どうかしら、あの味」

そこへそう問いかけると、シュガールは自分の顎を手で覆うようになでながら、思案する。

「個人的には美味ぇと思うぜ」

（よっしゃあッ！）

これは何とかなるかもしれない――と、ショークリアは胸中でガッツポーズをしてみせる。

「ふふ、よかったわ」

胸中のテンションを表に出さず微笑むと、後ろに控えているミローナが首を傾げた。

「お嬢様用のピンルットのサラダって、塩花も、ストルマオイルもちょっとしか掛けないものですよね？」

「そうよミロ。ああやって食べると、ピンルットそのものを味わえるの」

イマイチよくわからないという顔をするミローナを見て、シュガールが笑う。

「よし。ちょっと待ってろ」

シュガールはピンルットを一つ取り出すと、それを四等分にくし切りにして、十分ほど茹でる。

それを一つ、小皿に置いて、少量のストルマオイルをかけ、パラリと塩花をふりかけた。

それを小さなフォークと共に、ミローナへと差し出す。

「ほれ。食べてみるといい」

「え……でも……」

チラリとミローナがショークリアを見やる。

それに、ショークリアはうなずいた。

「ミロ、食べた感想を聞かせてほしいな」

「主人であるショコラから許可が下りたなら、いいか」

ミローナは小さく独りごちてからうなずく。

どうやら、本当に美味しいかどうかの戸惑いではなくショークリアからの食べる許可が欲しかったらしい。

考えてみたら、ミローナがショークリアの背後に控えているのは仕事なのだ。

仕事中なのに勝手に食べ物を口にして良いのか——という意味だったようである。

(……その辺り、ちゃんと読みとってやれるようにならねぇと、ミロたちに迷惑かけちまうかもな)

ちょっと反省しつつ、ミローナがピンルットを口に運ぶのを見守った。

ミローナはピンルットに小さなフォークを刺して口に運ぶ。

それを一口で、口の中に入れると——

「あ」

驚いたように目を見開く。

「ピンルットって、こんなに甘かったんだ……。でも、お菓子みたいな甘さじゃなくて、なんていうか……」

「自然な甘さ?」

「そう! そんな感じ! それが塩花でほんのりしょっぱくて——美味しいッ! 今まで食べてたピンルットのサラダは何だったのかしらッ⁉」

味に驚いたせいだろうか。ミローナから仕事モードが消えてしまっている。

「え？　そんなに⁉」

想定以上の驚きっぷりにショークリアが驚いていると、シュガールが横でうなずいていた。

「塩花の味を楽しむためにピンルットを食べる――そんな常識をひっくり返す発想だよな。ピンルットを楽しむために塩花を少量使うんだからよッ！」

がははは――と笑うシュガールを見て、ようやくショークリアは理解した。

自分の嗜好と、この世界の常識のズレを。

「個人的には、料理の味を塩花で調えるって方向で良いと思うのだけど」

そう口にすると、シュガールが目を見開いた。

「お嬢はどうしてそんな発想が出る？」

「わたしにとって、ご飯が全部塩辛すぎるの。だからミローナが食べたピンルットのサラダのような味付けのものが基本の味付けになってほしいくらい」

素直に答えると、シュガールはガシガシと頭を掻く。

「そうか。完全に考え違いをしてたワケだ、俺は。どうすればお嬢が好む料理を作れるか――ピンルットのサラダからいろいろ試行錯誤してたんだが、もっと根本的に……この国の塩花料理という考え方そのものが、口に合わなかったのか……」

シュガールは天を仰ぎながらそう独りごちると、背筋を伸ばしてショークリアへと向き直る。

それから、深々と頭を下げて告げた。

「申し訳ございやせん、ショコラのお嬢。食べる相手のコトを想って作る——その精神に則《のっと》って作ってたはずが、この家の大事な息女であるお嬢のコトを想い切れていなかったようです」

「あの、頭を上げてッ、シュガール！」

突然のシュガールの行動に、ショークリアは慌てたように、声を掛ける。

（いや、アンタは何も悪くねぇってッ！　こっちの好みが完全にここの料理とズレてただけなんだからよッ！）

シュガールの行動だけでもビックリなのに、その横でミローナまでもが深々と頭を下げてきた。

「私からも謝罪を。申し訳ございません、ショコラお嬢様。お嬢様の好みの味を見つけるコトができず、長期にわたって困らせてしまっていたコトを、私ミローナ・メルク・ヴァンフォスが、我ら侍従一同を代表してお詫び申し上げます」

「ミ、ミロまでッ⁉　急にどうしたのッ⁉」

こういう味の料理が食べたい——そんな話のつもりだったのに、突然二人に頭を下げられて、ショークリアは混乱の渦中にあった。

領主の娘であるショークリアに対し、状況を把握していながらも改善が上手く行かなかったこと。それは、この家で働く使用人や料理人という立場においては、失敗なのだ。

謝罪しないのは不敬も良いところである。

とはいえ——

ショークリアとしてこの世界で生を受けてまだ五年。

（貴族令嬢ってのは、案外難しいんだな……）

彼女は未だに貴族令嬢というものをよくわかっていない故、急に謝られたことに戸惑いを隠せなかった。


謝罪のドタバタが一段落したところで、改めて本題に入っていく。

「しかし、料理の味を塩花で引き立てるってのは、やったコトがないからピンとこねぇな」

「それなら、わたしにアイデアがあるの」

ショークリアが手を合わせながらそう口にすると、シュガールの目が輝いた。

「料理をしたコトないわたしの考えだけど」

「それでも構いやしませんよ。俺には発想そのものが難しいんで、とっかかりくらいにはなるかもしれませんしね」

シュガールが左の手のひらに右手の拳を叩きつけ、気合いを入れるようにそう告げる。

その頼もしさに、ショークリアの瞳も輝いた。

「えーっと……スガラパサって余ってる？」

「もちろん」

そうしてシュガールが取り出したのは、親指よりも太い木の枝のようなものだった。

「それをこの前のスープに入ってたような形にできる？」

「おう。そうしなけりゃ、こいつの皮は固くて食えたもんじゃないしな」

シュガールはうなずきながら、分厚い皮に縦の切り込みを入れ、そこからペロンとめくるように剥がしてみせる。

「そしたら、底が深めのフライパンにストルマオイルを入れて。剥いたスガラパサが浸るくらいの量が必要だから、安いオイルでいいよ」

「このくらいいか？」

シュガールはわざわざ屈んで油を入れたフライパンの中を見せてくれる。

それをのぞき込んで、ショークリアはひとつうなずいた。

「ここにスガラパサを入れるんだな？」

「そうだけど、まだ入れないの」

「ん？　どうするんだ？」

「そのまま火にかけて。油から泡がぽつぽつ出るまで待って」

「あいよ」

ショークリアは説明をしながら、思案する。

（揚げ料理の存在そのものがない感じだなこれ……ってコトはざっくり説明しつつ、危険がないように注意も一緒にしねぇとダメだな）

やるのは単純な素揚げながら、シュガールの反応を見る限りは、この国では初の料理法になるのかもしれなかった。

ただ料理がまったくできない相手に教えるよりは、かなり楽だろうと思い、ショークリアはこっそりと安堵する。

「出てきたぞ、お嬢」

「えっと、そしたら切ったスガラパサを静かにそこへ入れるの。その油はすっごい熱くなってるから、撥《は》ねさせないように気をつけて」

「任せろ」

威勢良く応じると、シュガールはそのテンションとは裏腹に、言われた通り静かにスガラパサを油の中へと沈めた。

「しゅわしゅわがいっぱい出てくるけど、それがすこし落ち着いたくらいが取り出すタイミング。よく油を切ってから、お皿に載せて、熱々のうちにパラリと塩花を振りかけるの」

「しゅわしゅわがなくなっちゃダメなんだな？」

「うん。しゅわしゅわはスガラパサの中の水分なの。しゅわしゅわがなくなると水分もなくなっちゃうから。水分がなくなっちゃうとパサパサになって美味しくなくなっちゃう」

「よし」

ショークリアの説明を受けて、理解したのかシュガールは真剣な眼差しでフライパンの中を見つめる。

その様子を窺《うかが》いながら、ミローナが恐る恐る問いかけてきた。

「ショコラはどこで料理を知ったの？」

「それは……えーっと……」

その疑問に、ショークリアは思わず顔をひきつらせる。

(さすがに前世の記憶ですとは言えねぇしな……どうする……?)

言ったとしても冗談だと思われるのがオチだろう。

「その、本で……」

「確かにショコラはよく本を読むけど……書いてあったの?」

「そのまんまじゃなくて……本を読んで、こういうのができるんじゃないかなって、思ったというか……」

「そっか」

しどろもどろに答えると、ミローナはそれなりに納得をしてくれた。

(いや、納得してるかどうか微妙な顔してっけどなッ!)

とはいえ、この辺で会話を打ち切りたい。

そんなことを思っていると、シュガールがスガラパサを取り出し始めた。

「こんなもんかな?」

トングのようなもので取り出して、言った通り油をよく切ってから小皿に載せる。

自分とショークリアの分だけでなく、ミローナの分も作ってくれたようだ。

「できたぜお嬢」

「最後にパラッと塩花を振って」

「おう」

「ショコラお嬢様。これは何という名前の料理なのですか？」

「うーん……」

問われて、ショークリアは少し思案する。

（ロクに思い浮かばねぇし、素揚げでいいか？）

他に良い名称が思いつかないのだから、そのままでいいだろう。

「スガラパサをそのまま油で揚げたのだから……スガラパサの素揚げ、でどう？」

「素揚げ……素揚げか」

シュガールが、その名前を口の中で数度繰り返す。

なにやら真面目な顔をしてぶつぶつと言っているシュガールを横目に、ショークリアは用意された小さなフォークで、スガラパサの素揚げを刺した。

「いただきます」

「お嬢様、刺す前に言いましょう」

「はーい」

ミローナの小言は聞き流しつつ、ショークリアはパクっとスガラパサの素揚げを一口かじる。

熱々でホクホクとした食感。

味はアスパラガスなのに、どこか芋のような口当たりなのは、前世では食べたことのない味だ。

スープの中にあったときとは、まったく違う顔を見せている。

（だけど、美味ぇ……。ほんのり利いてる塩味もいいな……）

しみじみと、そんなことを思う。

強いて不満をあげるとすれば、油の切り方が今ひとつなので、ややしつこいと感じるくらいか。

ただそれも、何本も食べるならともかく、この一本程度であれば何の問題もない。

「その顔を見ると、成功したようだな」

「うん。ほら、ミロもシュガールも食べて食べて」

こちらの様子を窺っていた二人に、ショークリアが食べるように促す。

それを受けて、二人も熱々の素揚げを口にした。

「美味い。これがスガラパサ……」

「ほんと、美味しい……。スープで食べるときと全然違う」

「だがこれは……」

シュガールは味に感動した後で、すぐに表情を引き締めた。

「お嬢」

「なに？」

「この素揚げって料理――熱々だからこその旨さじゃねぇのかい？」

「確かに冷めるとイマイチになっちゃうかも。でもそれって、温度もまた料理を形作る味の一つってコトじゃダメかしら？」

（冷めても美味ぇ料理ってのは確かにあるけど、でもやっぱ揚げモンは熱々が華だろッ！）

そんな考えで口にした言葉だったのだが、何やらシュガールはショックを受けたように固まっている。

「えーっと、ミロ？　シュガールどうしちゃったのかな？」

「ショコラの言葉に何か感じ入るものがあったんじゃないかな？」

一体、何に感じ入ったというのだろうか。

ショークリアが首を傾げていると、シュガールは膝を曲げて、視線を合わせてきた。

「お嬢ッ！」

ガシッと肩を掴み、まっすぐこちらを見つめ、真摯な眼差しのままシュガールは告げる。

「俺は感動しちまったッ！　温度もまた料理の味ッ！　そんな発想ッ、今まで誰もしたことがなかったッ！」

温かい料理、冷たい料理くらいの認識はあったようだが、熱々のうちにという考え方はあまりなかったようだ。

「ただ、料理ごと素材ごとに最適な温度ってあると思うわ」

上級貴族向けの料理になると、毒味などがあるために、温かいスープも冷めてしまうらしい。

勿体ないと思う反面で、そういうのが必要だというのも理解できる。

とはいえ、シュガールはそのことに余り納得がいっていなかったのか、ショークリアの言葉にどんどんテンションを上げていく。

「お嬢の言う通りだッ！　この館では作った料理は直接提供されるが、宮廷厨房となるとそうはいかねぇ！　そう思うと、俺はここの料理人で心底良かったと思うッ！」

　いささか暑苦しいが、シュガールのこの高揚具合はショークリアも喜ぶべきものだろう。もしかしたら、ここから料理の改善が始まるかもしれないのだ。

（こいつは、チャンスか？）

　今、一番改善してほしいのは塩分だ。

　ならばここで上手いこと言葉にできれば、劇的に変わるかもしれない。

（理想を言えば、ウチだけじゃなくて国中の料理事情が変わってほしいんだよな。じゃなきゃ、外食もできねぇだろうし）

　とはいえ、今やるべきことは、自宅の料理事情を変えることだ。

「それに、塩花の使い方もいろいろあると思うの。素材の味で塩花を楽しむ料理があるように、塩花の味で素材の味を楽しむ料理があったっていいと思うわ。その場合、素材の味を引き立てる最適な塩花の量もあるだろうから、シュガールにはいっぱい調べてほしいの」

「もちろんだッ！　他に何か思うコトはねぇか？」

「えーっと……そうねぇ……あ！　味付けだけでなくて油の量とかも、最適な量はいろいろあると思う。揚げるときの油の温度もそうよね。素材や目的とする味に合わせた温度が必要になるんじゃないかしら？」

「そうかッ！　そうだよなッ！　すげーぞお嬢ッ！　暗い洞窟の中から急に光溢れる外に飛び出した気分だッ!!　お嬢こそは、創造の神であり神々《ゴズエンペリウム》を統べる神ステラ・スカーバッカスに仕える神庭《しんてい》料理人食《リ・ゴズデイツ》の子神クォークル・トーンの御子《みこ》なのではッ⁉︎」

「さすがに大袈裟すぎないッ⁉︎」

がっくんがっくんとショークリアを揺さぶりながらテンションを天井知らずに上げていくシュガール。それにちょっと目を回しだしたとき――

トス……という音が聞こえた。

その直後、グラリ――とシュガールが傾くとそのまま床に倒れ伏せる。

見れば、倒れたシュガールの背後にミローナが立っていた。

「えーっと、ミローナ？」

「少々暴走が過ぎていたので、お母様仕込みの当て身をちょいなーっと」

「ココはミロに何を教えてるのかな？」

「ショコラお嬢様を守るための、暗技《あんぎ》？」

（ミローナ――こいつは将来すげぇ恐ろしい女になりそうだ……）

大真面目に答えるミローナに、ショークリアはそう思わずにいられなかった。

◆

新しい料理の気配に、思わず様子を見ていた神庭料理人クォークル・トーンは、即座にあらゆる素材の完璧な素揚げを作るための準備を始めていた。

『仮に私の御子などという存在がいるのであれば……それはショークリアではない。むしろシュガール……貴様であろうよ。精進するが良かろう。ふぉっふぉっふぉっふぉっふぉ……』

厳つい顔のマッスルババァという風貌のクォークル・トーンは、笑顔でそんなことを独りごちながら、様々な素揚げの味見をしはじめる。

もちろん、クォークル・トーンのそんな様子も、独り言も、人間界に住む誰かの目や耳に届くことはなかった。

◆

正面から振り下ろされる刃を半歩引いて躱《かわ》し、ショークリアは即座に自身が手にしている刃を振り返す。

振り下ろし伸びきった相手の腕。狙うはその指。

だが、狙いは読まれ、相手は握りしめた柄《つか》の底でショークリアの刃を弾いた。

「恐ろしいコトをするな、お前は」

「指を潰せば剣も拳も握れないよね？」

感心したような呆れたような言葉をかけてくるのは、ショークリアの父――フォガード・アルダ・メイジャンだ。

赤い髪に甘いマスクの持ち主で、実際に社交界にはファンも多いらしい。騎士らしく身体は鍛えられているものの、非常にスマート。前世の言葉で言うなら細マッチョというやつだろう。

整髪料で後ろへ撫でつけていなければ、激しく逆立つほどのクセっ毛は、その赤い髪色と相まって炎と称されることもある。

さらには、瞳も燃えるように赤く、いざ戦闘となればその苛烈な戦闘スタイルから、炎剣《えんけん》の貴公子などと言われることもあるそうだ。

「ショコラ。お前は、剣――というよりも戦闘の才能があるのかもしれないな」

「剣の才能と戦闘の才能は違うの？」

「ああ。重なる部分もあるが、より勝つため逃げるために特化した才能――というべきかな。そのためならば矜持も正々堂々も容易に捨てられる、そんな才能だ」

「うーん……？」

言われてもピンと来ず、ショークリアは首を傾げる。

（実際のところ、前世の喧嘩の要領でやってるだけなんだけどよ）

前世では喧嘩常勝という名声だけが一人歩きしてしまっており、一対多数という喧嘩が多かった。

喧嘩を売ってくる連中の中には武器持ちだっていたくらいだ。

まぁそもそも、素手《ステゴロ》による一対一《タイマン》やるだけの度胸を持った者がいなかったのだろうが。

武器持ち連中といえば、鉄パイプや金属バットくらいならまだ優しい。自分が死ぬ直前の喧嘩なんて刃物を持ち出してきたやつがいるくらいなのだから。

今の世界ならいざ知らず、日本でそんなものを抜く阿呆は、どれだけ考えなしなのかと呆れてしまう。

　ともあれ、そういう連中相手に立ち回るには、速攻で腕を潰す。膝を砕く。狙えるときは手足問わずに指を踏みつける。目潰しだって有効だ。

　この世界の傭兵や冒険者たちのように殺し合いを知っているワケでもない日本の不良たちなら、基本的にそれだけで戦意喪失である。

　手っ取り早く数を減らすなら、ＫＯする前に戦闘力を奪ってしまったほうが早いのだ。

「敵の数を減らすというのは別にノックアウトすることだけじゃなくて、戦力や戦意を奪えればいいのかなと」

　ノックアウト……？　と一瞬訝《いぶか》しがられたが、文脈から大体の意味を理解されたようで、そこは気にせずに彼は告げる。

「それは武を習う者の発想ではなく、傭兵など戦場を知る者の発想だよショコラ」

　末恐ろしい――とフォガードは胸中で思っているのだが、ショークリアはそんなことなど微塵《みじん》も気づいていない。

（喧嘩と戦場って結構似てんのかもな）

　などと、気楽な調子であった。

「ところで、今日はなんで急に剣の訓練をしたいと言ったんだ？　普段は決められた日以外には握ろうとしないだろう？」

「剣そのものは嫌いじゃないの。それに……」

あんまり振り回していると、前世の喧嘩を思い出してついつい乱暴な気分になってしまうので控えていたというのが真相だ。付け加えるなら剣も嫌いではないのだが、刺繍やお茶会の練習などのほうが楽しいと感じる自分もいたので、そちらを優先していたという面もある。

フォガードはかつて戦場《いくさば》にて英雄的な活躍をしたことで騎士爵を賜《たまわ》り、一人の貴族であると認められた男だ。

それ故に、将来的には娘や息子にも英雄騎士の子の名がついて回ると懸念して、決められた日に剣の特訓を施している。

ショークリアもガノンナッシュも特訓そのものを嫌がらず、父としては胸をなで下ろした。

それでもガノンナッシュはともかく、ショークリアはあまり積極的ではないので、フォガードも特訓予定日以外には無理して剣を握らせることはなかったのだが。

ただ、ショークリアとしては剣を習う日は父に褒めてもらえることが多いので、それを楽しみにしているところがあった。前世では父親に褒めてもらえたことなんて記憶にないので、余計に嬉しいというのもある。

もっとも、今日に関していえば父に褒められたかったから——という理由などではなく……。

「今日は運動がしたかったの。その……昨日、ちょっと食べ過ぎちゃったから」

「食べ過ぎた？」

首を傾げる父に、ショークリアが苦笑を返す。

さておき、昨日は素揚げを作るのに盛り上がり、ミローナやシュガールと共にいろいろなものを揚げては食べるを繰り返してしまった。

その結果、夕飯が食べられないほどになってしまったのである。

ましてや油モノ。五歳児の身体とて、食べ過ぎは良くないだろう。むしろお子様だからこそ、早々に燃焼しておこうと思ったのだ。

(前世じゃ、可愛いだのカッコイイだの言われるコトはまずなかったからなッ！　恵まれた見た目に生まれた以上は、維持してぇし磨きてぇよなッ！)

心の中で、グッとやる気アピールのガッツポーズを取るほどに、気合いが入っている。

「何をそんなに食べたんだい？」

いつもの食卓でのショークリアからは想像もできない言葉に、フォガードが不思議そうな顔をした。

それに、ショークリアは笑顔で答える。

「シュガールの新作料理の試食ッ！　基本はできたんだけど、シュガール自身が納得できるまでは、食卓には並ばないみたいです」

「食べ過ぎるほどに美味しかったのかい？」

「うんッ！」

「ほう。それは楽しみだ」

満面の笑みを浮かべるショークリアに、フォガードも笑顔を返した。

シュガールの腕前はフォガードも知るところだ。

それどころか、フォガードがシュガールの料理の腕に惚れ込んで口説き落とし屋敷へと連れてきたといっても過言ではない。

そんなシュガールが新作を作り、食の細い娘が食べ過ぎるほどに美味しいというのだから、フォガードも楽しみになるというものだ。

「ショコラ。まだ剣は握れるか？」

「もちろん。お昼の時間まで、よろしくお願いしますッ！」

「ああ――来いッ！」


「はぁ――はぁ――……ありがとうございました」

肩で息をしながら、ショークリアは頭を下げる。

「五歳とは思えないほどの腕になったなショコラ」

「でも、お父様には全然敵《かな》わないし」

「敵われたら、むしろ困るな」

むぅと膨れながら口にするショークリアの言葉に、フォガードは思わず苦笑した。

この剣の腕で騎士爵を得たようなものなのだ。簡単に娘に追いつかれたらたまったものではない。

もちろん、追いつかれたら追いつかれたで、娘の才能を喜ぶための宴を開くつもりだが。

「お父様……わたしも炎剣《えんけん》を使えるようになる？」

フォガードは、炎剣という魔術を用いる。愛剣に炎を灯し、斬撃と共に相手を焼くのだ。

見た目がとてもカッコいいので、いずれは自分も使ってみたいと、ショークリアは思っている。

「お前がどの色の加護を持っているかにもよるな。炎に関する魔術を使うには最低限、赤の神の加護が必要になる」

「神様の加護……どうすれば加護があるってわかるの？」

「お披露目の日だな。そこで宣誓の儀をやるときにわかる」

魔術や魔力の訓練というのは、そこで持っている属性が判明してからするものらしい。

「加護がないという者は少ない。誰でも一、二色の加護を持つ。お前がどんな色の加護を持っているのか、私も楽しみだ」

「色の加護……」

自分の使う魔術に思いを馳せて、目を輝かせるショークリアの姿を、フォガードは優しい眼差しで見つめていた。

（色によって使える魔術が変わるのか……どんなモンができるようになるか楽しみだぜ……ッ！）

ワクワクしているショークリアに、さらなる言葉をフォガードが口にする。

「加護の確認の必要ない、魔術の一歩手前の技術……彩技《アーツ》と呼ばれるものであれば今度の剣術の稽古のときにでも教えよう。いくら剣の腕が良くても、彩技が使えなければ、話にならない場合も多いからな」

それを聞いたショークリアが彩技に思いを馳せてさらに目を輝かせる姿を、フォガードは脳裏に焼き付けるべく、平静を装い穏やかな表情のまま見続けていた。

ショークリアにつきあって剣を打ち合っていた日の午後——

「ふぅ……」

フォガード・アルダ・メイジャンは、屋敷にある執務室での作業が一段落したところで、大きく息を吐いた。

火を連想させる赤い髪に、同色の瞳。細身ながらも引き締まった体躯を持つ美男は、机に向かいペンを握っている姿であっても、騎士を思わせる空気をまとっている。

「どうしたものかな」

ニーダング王国キーチン領の領主。中級騎士爵。

そんな肩書きを持つ彼の悩みは、数多い。

「岩塩《クオロルース》も、海塩《アエスルース》も、草塩《レウルフルース》も採取できる土地なのに、どうして塩の備蓄に頭を悩ませねばならんのだ」

愚痴を独りごちるものの、そんなものは誰に答えてもらうわけでもなく理解している。

領地の北側にある山脈に行けば岩塩は採れる。

だが、山脈は国境でもある。しかも、お世辞にも仲良しとはいえないラインドア王国との国境だ。

採掘作業そのものに侵略行為だのなんだのとイチャモンを付けられる危険性があるため、大っぴらにやるわけにはいかない。

【1】

領地の南側に広がる森に行けば、草塩の群生地がある。とりわけ味が良いと有名な塩花《トルース》の花畑もあるくらいだ。

もっとも、その群生地のある森は未開の地。ビーリング森緑帯とも呼ばれる手つかずの森だ。未知の魔獣が住んでいる可能性もある危険地帯へ採取に行くのは、リスクが高い。

領地の最東端に行けばこの国唯一の海がある。

だが、キーチン領は、東へ行けば行くほど草木が減り、荒野となっていく。

東の海岸の近くに漁村を作る予定はあるが、まだ着手できていないため海塩も手に入れにくい。

そもそも、このキーチン領そのものが、ビーリング森緑帯と海の開発を目的として与えられた土地である。

山と森と海に四方を囲まれた荒涼地帯——それが、キーチン領だ。

そんなわけだからして、塩は自前で賄えそうで難しい。

結局、他領からの買い入れに頼らざるをえないのである。

西側の森も、南ほどではないが深く、そこを抜けねば他の土地へは行けない。

そんな領地が唯一外界とつながっているのが、西の森と北に連なる山脈の隙間のようなところにある寂れた街道だ。

隣のダイドー領とキーチン領を繋ぐそのダイキーチ街道——余りに使う者が少ないので『すれ違わずの道』とも呼ばれ、しかもそちらの通称のほうが有名だ——こそが、唯一の出入り口となっている。

キーチン領は一見すると恵まれた立地のようで、ほぼ手つかずになっていたのはそういう事情だ。

開拓できれば大きな利はあるが、開拓のための労力はかなり必要となる。

まして、十五年前の戦争の爪痕が、まだ国内に残っているほどなのだから、予算を回しきれないというのもあるのだろう。

先の戦争で武勲を上げ、中級騎士爵という爵位と領地を与えられたフォガードであるが、国から体よく厄介ごとを押しつけられたとも言える。

「ダイドー領の嫌み野郎からの嫌み交じりの忠告。それが本当だとしたら、ますますヤバイんだよなぁ……」

都市や大きな街を中心に塩花の価格が少しずつ値上がりしている。

嫌み野郎ことダイドー領領主は、先日出会った際にそんな話を匂わせていた。

「だが、原因はなんだ？」

この国――ニーダング王国は、草塩の中でも、とりわけ上質な塩花の原産国だ。それは貿易の要ともなっている。これまでの国の歴史において、世情に合わせた多少の上下はあっても、値が上がり続けていくようなことはなかった。

だが、ダイドー領領主の口振りからすると、それがあり得ると言える状況になっていそうである。

まだ僅かな影響しか出てないようだが、決して楽観視はできないだろう。

「草塩の値が上がれば、それに伴ってほかの塩類も値上がりしかねない」

考えようによっては儲けられるチャンスかもしれないが、その塩を安定して手に入れる手段がないのだから、悩んでいるのだ。

眉間《みけん》を揉みしだくようにしながらフォガードは嘆息する。

ちょうどそのタイミングで、執務室のドアを誰かがノックした。

「旦那様。ソルティスにございます」

「ソルトか。入っていいぞ」

「失礼します」

入ってきたのは、この家に勤める従者たちの長であり、フォガード執事なども務める老年の男性だ。

名をソルティス・ハイル・ハイランド。

後ろへと撫でつけた青髪にだいぶ白いものが交ざり始めているが、決して衰えを見せない優秀な人物である。

彼はメガネの下にある灰色の鋭い目を今は穏やかに笑みの形にして一礼した。

「そろそろ一息つかれたらどうかと思いまして、お茶をお持ちしました」

「良いときに来たな」

悩みは尽きないが、書類仕事はひとまずのところまで終わっていた。

いつもいつも、この執事は欲しいときに来てくれるものだ。

「本日の花茶は、アエト領産のスカイトピーです。儚く見える薄紅色で、一見薄味そうな色合いですが、香り高く風味の良い花となっております」

解説を交えながら、ソルティスが机にカップを置いた。

カップからは湯気が立ち上り、中では薄紅色の美しい色合いのお茶が揺れている。

「ほう……いい香りだな」

「そして、こちらが本日のお茶請けとなる——料理長シュガールの新作、その試作です。素揚げというそうですよ。何でも熱した油に素材を潜《くぐ》らせて作るのだとか」

次いで机に置かれたのは、皿に載ったピンルットだ。やや光沢があり焦げ目のようなものがついている。僅かに湯気が出ているのを見るに、かなり熱を持っていそうだが。

「熱いうちに食べていただきたいそうです。ただ、非常に高温のため、気をつけてお食べください」

「ふむ」

言われた通り、まだ湯気の立ち上るピンルットを口に運ぶ。

瑞々しいピンルットの甘みと旨みが熱と共に口の中に広がっていく。

ほのかに感じる塩花の風味も良い。むしろ、そのほのかな塩味が、よりピンルットの味を高めているようだ。

「ピンルットの味で塩花を楽しむのではなく、少量の塩花によってピンルットの味を高める料理なのだな」

まさかの逆転の発想。

名産品をふんだんに使うのではなく、僅かな量を使うことで、逆に食材の味を最大限に生かしていると言えるだろう。

この味ならば、濃い塩花の味を苦手とするショークリアも喜ぶだろう。試作品を食べ過ぎてしまったというのもうなずける。

「良い酒が欲しくなる味だ。だが、まだ手を着けてない書類もあるからな。夕飯時まで控えるか」

残念そうに呟いて、スカイトピーの花茶を啜る。

ほのかな酸味と特有の爽やかさが、口の中に残るストルマオイルを洗い流してくれるようだ。

「ふむ。酒も良いが、この茶と合わせるのも悪くないな。相変わらず良い仕事をしてくれるなソルト」

「ありがとうございます」

恭《うやうや》しく一礼するソルティス。

それを見ながら、一枚の書類に手を伸ばし、フォガードの動きが止まる。

「……少量の塩花……」

ややして、炎剣の貴公子の表情が、いたずら小僧を思わせるそれに変わった。

「先んじて手を打っておくか。嫌み野郎への礼は来年に行われるショークリアのお披露目を兼ねた宣言式でいいだろう」

口に出すことで自分の考えをまとめたあと、フォガードはソルティスへと視線を向けた。

「ソルト。少し頼みたいコトがある」

「はい。なんなりと」

『運命というのは神すらも翻弄されるもの。全ては偶然と必然の巡り合わせと重なり合い。そこから生まれる出来事は、時に創造神である我すらも驚かせる。だからこそ、人間たちの生き様を見るのは楽しいのだがな』

運命と口にし、諦めと嘆きに打ちひしがれる一方で、その運命に抗い、懸命に生きようとする。

本来は死産のはずだった、ショークリア・テルマ・メイジャン。

そこに宿った、鬼原醍醐の記憶を宿す異界の魂。

そして、ついに表舞台へと顔を出した異界の知識。

『この巡り合わせの果て、何と重なり合い、どんな出来事が生まれるのか……実に興味深い……』

神妙な顔で、人間界を見下ろす創造神ステラ・スカーバッカス。

その横顔からは――

(やっべぇ、ちょっと楽しみになってきたぞ。どうなるんだこれ？　ひゃっふーッ！)

などという胸中を窺うことなど、誰もできないのであった。


ショークリアは中級騎士爵を持つ貴族フォガードの娘である。

【1】

父方のメイジャン家の祖父は、一般的には中央と呼ばれている王都の貴族街に住む下級貴爵を持つ貴族であるし、母方のリモガーナ家は上級貴爵を持つ名家だ。

とはいえ、メイジャン本家としては次男坊であるフォガードが長男よりも上の爵位を得たことに不満を持っているし、リモガーナ家はポッと出の騎士に三女のマスカフォネが駆け落ち同然に嫁いだことを不満に思っているしで、意外とショークリアの両親の立ち位置はよろしくない。

だからこそ、礼儀作法は大事だとフォガードとマスカフォネは口にしている。貴族というのは体面を気にし、揚げ足をとる生き物なのだ。

ましてやこの家は、ポッと出の中級騎士爵であるフォガードが初代当主であり、出る杭を打つのが大好きな貴族たちからは、格好の的だろう。

なので、礼儀作法は完璧である必要がある——というのが、母マスカフォネの弁だ。

だからこそ、ショークリアのみならず、彼女の兄であるガノンナッシュ共々、礼儀作法をややスパルタ気味に叩き込まれている。

「ショコラ。もう少し背筋を伸ばして。ええ、そうよ。そのまましばらくその姿勢を維持して」

礼儀作法の講師は、母親であるマスカフォネだ。

援助を近縁の家に頼めないうえに、お世辞にもお金に余裕がある家ともいえない。ましてやこんな国の外れにある領地まで来てくれる物好きな講師はいない。

それ故に、家庭教師を呼ぶこともなく、両親や従者たちが、必要な教育を子供たちに施していくのである。

「これは……意外と……大変です……お母様」

スカートを抓《つま》み、軽く持ち上げるところは、地球で言うカーテシーと似たようなものだが、この世界での女性の挨拶は片足を半歩引くのではなく、足をそろえたまま膝を曲げるのだ。

屈伸とかスクワットとかの途中のポーズが一番近いだろうか。

背筋を伸ばし、スカートを抓みながら、そこで静止する。

がに股になるのは格好悪いので、可能な限り足の内側をくっつけるようにしながら、だ。

カカトが持ち上がるくらいは問題ないそうだが――

(うおー……これは、プルプルする……シンドいぜー……)

時と場合によっては、この姿勢に頭を下げることも加わるそうだ。

だけど、どれだけシンドくとも、女性貴族である以上は優雅に見せなければならないという。

「馴れなさいショコラ。上位の方とやりとりする場合、合図をもらうまではそのままでいるのよ」

そういった場合の挨拶は当然、上位の人たちから順に声を掛けられるため、貴族としての格が下がるほどポーズを維持する時間が長くなるのである。

「それに、綺麗な作法を持つ女性は下に見られにくくなるの。特に女の場合は、その作法が綺麗であるほど、気軽に散らして良い夢ではないのだという無言の訴えにもなるの。今はその意味を教えてもわからないでしょうけれど、正しく綺麗な作法を身につけるのは、結果として自分を守るのだと、覚えておくのよ」

故に厳しく言っているのだ――という母に、ショークリアは素直にうなずいた。

そんなショークリアの横で、兄が小さく身動《みじろ》ぎした。

「ガナシュ。いい加減馴れなさい」

男性の場合は、利き手を開いて、その掌を反対側の肩に当て、もう一方は斜め四十五度ほど下に指先までまっすぐに伸ばし、女性同様に足を揃えて膝を曲げる。男性の場合もお辞儀が交ざることもあるそうだ。

この動きには挨拶と同時に、その両手に何も隠し持っていないというアピールも含まれる。女性であれ、男性であれ、ビシっと綺麗でカッコ良く姿勢を保つのは難しい。

「はい、ラクにしていいわ」

しばらくして、母が手を叩いてそう告げる。

ようやくの解除に二人は安堵した。

ガノンナッシュは母親譲りの銀髪を揺らしながら、身体を伸ばす。柔らかな風貌と穏やかな赤い瞳が、大人しそうな印象を与える少年だ。

かなり母親似であり、ショークリアが男物の服も似合う少女ならば、ガノンナッシュは女物の服も似合う少年と言えるだろう。

もっとも、本人は女っぽい容姿の自分をあまり良くは思ってないようだが。

「仕方ないとはいえ、身体が痛くなるんだよね」

「ええ。わかっているわ。でもちゃんとしないとダメよ。他の貴族たちに揚げ足をとられてしまうから。可能な限り完璧に振る舞い、むしろ相手の揚げ足をとる余裕を持たないと」

「はーい。でも、それならショコラはなおさらだよね。来年には六歳のお披露目があるんだし。宣誓の神様は決まってるの？」

「うーん……神様はまだ」

お披露目の日には、自分が仕える主神を決める必要がある。頭では理解していたが、前世では日本人だったこともあり、今もなおピンときていなかった。

（基本は、創造神《ゴズエンペリウム》か五彩神《ゴズホイーラ》のうち六柱から選ぶらしいけど……どうにもなぁ……）

六柱に仕える眷属神《リ・ゴズ》でも良いという話なので、その方向から選ぶというのもありだろう。

「そうね。ガナシュの言う通り、お披露目のときにみっともなくないように、ちゃんとした立ち振る舞いを身につけましょうね。主神に関しては、当日までに決めておけば問題ないわ」

矛先をショークリアへと向けられて安堵した顔を見せるガノンナッシュだったが、それに気づかないマスカフォネではない。

「がんばります」

ショークリアの答えに、マスカフォネは満足したようにうなずく。

（貴族ってのはそういう作法とかにうるさいんだな。なら、家族に迷惑かけねぇためにもしっかり覚えねぇと）

胸中の気合いもバッチリだ。

（アニキにも負けてらんねぇしなッ！　一緒にやってんだから、ついでに男の作法も覚えちまおうッ！）

ショークリアは気合いを重ね掛けしてチラリと兄に視線を向ける。

その行動に深い意味などなかったのだが、マスカフォネはその視線を深読みした。

(あら？　ショコラったら、話の矛先を自分へ誘導されたのに気づいているのね。ガナシュに話を向けないのか——とそういう視線よね？)

——ならばそれに応えてあげるのが、講師だろう。

マスカフォネはそう判断して、視線をガノンナッシュへと向ける。

「ガナシュ。確かに来年のお披露目を思えばショコラが礼儀作法を覚えるのはとても大事なコトよ。でも、貴方はショコラの三つ上。すでにお披露目は終わっていますが、十二歳になればデビュタントが待っているのよ。それまでに今以上のものを身につけなければならないわ。貴方もがんばりなさい」

「はい……」

ガノンナッシュは口を尖らせているが、マスカフォネの言いたいことがわからないわけではないだろう。

だが、どうしても気持ちが付いていかないようだ。

(ちょっとばかし、アニキのやる気が萎えてるな……。まぁ面倒くせぇのはわかるんだが、お袋がここまで言うんだ。覚えておかないと、結果として面倒なんだろうよ……)

兄が迂闊《うかつ》なことをして、家族みんなが変な目で見られるのは問題だ。

何より、根っこは真面目なガノンナッシュのことだ。そうなったら自分を責め続けて、不真面目に振る舞い続けるかもしれない。そうやって、自分だけが嫌われ者になることで、家族を守ろうとするだろう。

（カンでしかねぇんだけど、どうもそういう予感が拭えねぇ……）

そんな前世の自分のような振る舞いを、今世の兄にやらせるわけにはいかなかった。

やらせたくもないし、見たくもない。

（……負けず嫌いなアニキだし、ちょっと焚きつけてやっか。真面目にやってくれりゃあ、問題も起きねぇだろ）

よし——と、胸中で決意を決めて、ショークリアはガノンナッシュに視線を向けた。

「お兄様、せっかくですので勝負をしない？」

「勝負？　なんの？」

「礼儀作法の」

礼儀作法でどうやって勝負するんだという目をするが、興味は湧いたのか、ガノンナッシュは気持ち前のめりになる。

「わたし、女性の作法だけでなく、男性の作法も覚えようと思うの」

「……オレも女性の作法を覚えろって？」

「ううん。お兄様は、男性作法だけでいいのよ？　わたしのお披露目までに、男性向け作法をどこまで完璧にできるか勝負ッ！」

「その条件なら、オレも女性の作法を覚えるッ！　両方の作法をどっちが完璧にできるか勝負だ！」

二人のやりとりを見ながら、マスカフォネは小さな笑みを浮かべた。

（ショコラ。上手くガナシュを乗せたわね。相手を誘導するその手腕はすばらしいわ。将来が楽しみね。それにしても、ガナシュは何も考えずに乗っちゃったみたいだけど……女性の作法も覚えるって本気で言ってるのかしら……？）

このまま競い合うように礼儀作法をマスターしてくれれば、マスカフォネとしても安心なのは間違いない。

余計なことを口にして、ガノンナッシュのやる気を削がないように、ショークリアが焚きつけたやる気に便乗しようと、マスカフォネは決めた。

「では、次回からは二人に両方の作法を教えていきます。しっかり励むように」

「はい」

「はいッ！」

元気の良い返事をする二人に、マスカフォネは満足そうにうなずくのだった。


ガノンナッシュは、妹のショークリアと礼儀作法の勝負をすることになっている。

実はその勝負が決まったとき、売り言葉に買い言葉で女性の作法も学ぶと口にしてしまったことを、今は若干後悔していた。

とはいえ、言った以上は撤回したくないし、何より妹には負けたくない。

妹は、何でもできてしまう。

本人はあまり自覚がないのかもしれないが、文字の読み書きも、算術も、先日九歳となったガノンナッシュと同じくらいのことができる。もしかしたらそれ以上できるのかもしれない。

兄としての威厳など、妹の前ではないも同然なのだ。

妹は運動神経も良い。父より剣術を習っているが、妹がメキメキと上達しているのが横で見ていてわかるのだ。

自分のほうが先に剣を習っていたのに、いつの間にか一緒に彩技《アーツ》まで習い始めている。

兄として負けるわけにはいかないので、だからこそガノンナッシュもがむしゃらに鍛錬に励む。

思い切りの良い妹は、父でも舌を巻くほどの鋭い踏み込みをしてくる。

それに対応するには、ガノンナッシュも同じくらい思い切り良くならねばならない——と、自分に言い聞かせている。

そうして妹と張り合っている結果、ガノンナッシュも同世代よりも頭一つくらい飛び越えた能力を身につけているのだが、同世代の貴族という比較対象が周囲にはいないため、気づいていない。

それはさておき……

妹が嫌いか——と言われれば、ガノンナッシュは好きと言う。

ガノンナッシュは妹が好きだ。可愛いとも思ってる。

勉強や剣はすごくデキても、やっぱり自分より年下なのだ。知らないことも多く、失敗も多い。

時々、両親や侍従たちの想像の斜め上のことをやって困らせることも多い。

そうして怒られるかも――と思ったときは、自分の後ろに隠れる。その隠れる姿が可愛らしく、ついついかばってしまう。

それにショークリアは、食卓を美味しくする。

素揚げはとても美味しいのだ。あれを食べると、今まで食べていた料理は塩辛いだけに感じてしまう。

特にイエラブ芋の薄揚げは最高の発明だと思う。

薄く切られたイエラブ芋を揚げたあと、軽く塩花をまぶしただけのものながら、食べ始めるとパリパリパリパリやめられない止まらない。

塩花の代わりに、砂糖や蜂蜜をまぶしたものも美味しい。

こんな美味しいものを思いつくショークリアはすごい。

頭が良くて勉強ができて、料理を思いつけて……可愛くて、時々カッコ良くて……。そう、妹はすごいのだ。

そんなすごい妹だけれども、負けてはいられない。

――礼儀作法の勝負は、兄である自分が勝つ！

そんな決意とともにベッドに潜った翌朝、シーツには世界で一番大きい湖として有名な、レーシュ湖そっくりの絵が描かれていたのは、専属従者と自分だけの秘密だ。

妹に知られれば、ただでさえ威厳のない兄のなけなしの威厳が消え失せてしまいそうである。

……さすがにもうこんなことはしないだろうと、油断しすぎていたのだろう。

寝る前に、お茶や果実水をいっぱい飲むのは控えることにしようと、決意した。

ある日、自分のためにドレスが用意されていると知ったガノンナッシュは、数日ぶり何十度目かの後悔に苛まれる。

だが、妹との礼儀作法勝負に乗っかったのは自分だ。

女性の作法も覚えると宣言したのも自分だ。

スカートでなければできない動きなどもあるのだから、ここで渋っても仕方がない。

そうして、喜々とした様子で着替えさせてくるココアーナに、ガノンナッシュは胡乱《うろん》な気持ちになる。

とはいえ、ココアーナの話ではショークリアも男の格好をしてくるというではないか。

ならば、ここで自分が泣き叫んでも仕方がない。

覚悟を決めたガノンナッシュはドレスを颯爽《さっそう》と翻し、礼儀作法の勉強に使っている部屋へと向かう。

そして、部屋へと入ったとき——兄としての威厳が粉みじんになったような気持ちになった。

兄馬鹿と言われようとも、賛美してしまいそうな美少年がそこにいたのだ。立ち姿も自分なんかよりもずっと男らしい。

「似合うな、ショークリア。カッコいいぞ」

「ありがとうございます、お兄様。お兄様もとても可愛らしいです」

「お、おう……」

果たして可愛いというのは褒め言葉なのだろうか。

「おまえは……男の姿をするの、いやじゃないのか？」

「はい！　楽しいですよ？」

妹なりに考えているらしい男っぽいポーズとやらをいくつかとりながら答えてくる。

「あ、そうだ。男装をして、男の子のフリをしてるときは、ショコラータ・クリア・メイジャン。ラータと呼んでくださいッ！」

胸を張り、ふんすと鼻を鳴らす姿に、ガノンナッシュは思わず笑ってしまう。

きっと、一生懸命に自分で考えた偽名なのだろう。それを言いたくて言いたくて仕方なかったに違いない。

ならば自分も妹のように、女の姿をするのを楽しむべきなのかもしれない――そう思わせる何かを妹から感じた。

「ならオレは――私は、クリムニーア・ガノン・メイジャンだ。クリムと呼んでくれ」

だからだろう。ガノンナッシュも思いつきでそう名乗った。

そして、部屋の中にいる侍従たちも、それを馬鹿にするようなことはなかった。

『あら？』

人間界の様子を見ていた青き神が一瞬怪訝そうな顔をしたあと、ややした後に破顔する。

『どうした青？』

その様子を黒き神が訝しむと、青き神は楽しそうな顔を黒き神へと向けた。

『いえね。予測できる範囲の未来で道を少し踏み外す少年がいたんだけど、踏み外す未来が予測範囲から外れたわ。例の魂を宿した子の行動でね』

『ほう……』

『その代わり、ちょっと面白い可能性が生まれちゃったけど』

『どういうコトだ？』

『道を踏み外しても優しさと真面目さを失わなかった少年は、自らの尊厳や立場、矜持を切り売りして家族を守るハズだった。ところが未来予測から道を踏み外すコトが消えた。代わりに生まれた未来予測……可能性の一つ。それは、敏腕女装外交官として周辺諸国から恐れられる——というものよ』

『……どうしてそうなる？』

目を眇《すが》める黒き神だが、青き神は笑うだけだ。

『偶然の巡り合わせ——すごい面白いコトになってくわね。彼女の思いつきでの行動が、私の未来予測の内容をどんどん書き換えていくわ。私の予測と予知は、併用すれば的中率九割を超えるのがウリなのに、あの魂が周辺に影響を与えると二割以下くらいに落ちちゃいそう』

『楽しそうだな』

『ええ。楽しいわ。予知や予測は使いすぎるとつまらない。なのに、あの魂周辺は、予知や予測を容易に上回ってくる。こんな楽しいコトはじめて』

楽しそうに嬉しそうに人間界の様子を見る青き神の様子に、黒き神は肩を竦める。

黒き神は、自身も人間界を覗き込みながら、思った。

(暇な神々の娯楽、か。見ていて飽きないというのは、良いコトなのか悪いコトなのか)

どちらであれ、彼女の人生の終焉が、良きものであることを願わずにはいられなかった。

2

この世界にも四季がある。

春もそろそろ終わりを迎え、そろそろ夏となりそうな頃――

今日も今日とて、キーチン領領主フォガードは執務室で書類と睨めっこしながら頭を抱えていた。今日はそこに、部下というおまけもいる。

いや、こちらの男の報告こそが本題かもしれない。

「今後も開拓と防衛を並行していくのなら、やはり人員が必要です」

「だよなぁ……ザハルからも、それとなく言われてはいるんだ」

「それに、本格的に秋魔《しゅうま》対策も考える必要もあるでしょう？」

秋魔――秋になるとこの領地に現れる、他の魔獣とは比較にならないほど凶悪な存在だ。

退治しなければ被害は大きい。そのため、戦士団や有志の領民が、毎年総出で戦う。退治さえすれば、その秋に二匹目は出てこないのだが、そうは言ってもその一匹が強敵なのが頭の痛い問題だ。

「領地をもらった直後はともかく、戦士団もだいぶ歳を取ったからな。秋魔と戦った後、休みもなく通常勤務というのは、シンドいから何とかしてほしいという陳情が、去年クグーロ筆頭に数名からあったのは確かだ」

薄茶色の髪をした男性の報告に、フォガードは眉間をぐりぐりと親指でもみほぐす。

「多少なりとも見れる町になった以上は、常在の兵も必要ですからね」

「わかってはいるが……こんな辺境に来てくれる人材ってのがな……」

正直言ってしまえば、フォガードには心当たりがない。

目の前にいる男――薄茶色の髪を右側だけ伸ばし山吹色の双眸の片方を隠している優男の名前はモーラン・ブランディ。

この領地、キーチン領を守る領主直下の戦士団。領衛《りょうえい》戦士団の副団長だ。

今の戦士団の前身である傭兵団でも副団長をしていた男で、フォガードとも旧知の仲である。

そのせいか、人目があるときはともかく、ないときは遠慮をしない物言いも多い。

そんなモーランに軽く視線を向けてから、フォガードは小さく息を吐いた。

「この領地には魔獣の生息域は少ない。だが、出現する通常の魔獣には強いのが多い。中途半端なやつは足手まといにしかならないのも問題だ」

「坊や嬢は、町の周辺に時々出現する魔獣をふつうに狩ってますよ」

「俺の子供たちだぞ？　弱いワケがないだろう。逆に行えば、現状《いま》のうちの子より弱いやつはいらん」

親馬鹿全開のような言葉だが、実際その通りなのでモーランも敢えてツッコミを入れたりはしなかった。

「やはり人材よりも、魔獣除けの結界を町に張ったほうがいいか？」

「町への侵入は防げても、結局は外へ狩りに行くのは必要になる。予算面からも人材優先でしょう」

「多少腕が悪くとも鍛えて使う——それは可能か？」

「可能か不可能かといえば可能ですけどね」

「教育係という人材が必要か」

「ええ」

欲しいのは即戦力。

だが、そんな優秀な人材がそうそう転がっているとは思えないし、よしんば転がっていたりしても、こんな辺境までやってくることはないだろう。

「しばらくはどこかの傭兵に頼るか？」

「戦士団《うち》はほとんどが傭兵上がり……余所《よそ》の傭兵と組むと厄介事が増える可能性がありますよ。それに迂闊に変な連中を雇うと、町を覆う結界用の魔導具《ホイーラファクト》を買うより高くつく可能性だって……」

「知ってる。だがそうなると、悩みは振り出しに戻るぞ」

息を吐くフォガードに、モーランも腕を組んで目を伏せる。

「モーラン。妙案募集中ってコトで今日は勘弁してくれ」

「了解です。こちらとしてもすぐにどうにかできるとは思ってませんので」

フォガードの言葉にモーランはうなずくとその姿が、背景に溶け込むように薄くなっていく。

モーランは、こういった隠密技能も保有している。

服装も、周囲に溶け込むような地味なものを好むのはそれのせいかと思われているのだが、実のところそちらはただの好みらしい。

【2】


「ったく、ふつうに退室していけよ」

モーランの姿と気配が完全に消えてから、フォガードは呟く。

それから、後頭をガシガシと掻くと机へと向き直った。

戦士団の人手不足以外にも問題はまだまだある。

どれもこれも難しい問題が山積みなこの状況に、フォガードは大きく息を吐くのだった。


「お嬢、そっち行ったよー」

ダークブラウンの髪に、同色の瞳を持つ男が、どこかのんびりした調子で声を上げる。

艶やかな髪質ながら、手入れをあまりしていないのか、伸び放題でボサボサな髪と、顎の無精ひげがどこか胡散臭さを感じさせる。

服装すらも髪と同色で揃えたその男——領地の古参メンバーにして、戦士団長のザハル・トルテールは、どこか気怠げな雰囲気のまま、視線は鋭く獲物を追う。

腰帯に下げた剣にも見える鉄棍棒——ショークリア的には十手と呼びたくなるような武器だ——に、手を置くことも忘れない。

彼が視線で追っているのは、シャインバルーンという魔獣だ。

大人が何とか抱えられる程度の大きさをした球状の魔獣で、常にどこか苦悶に満ちたような顔をして宙に浮いている。

バルーン種という魔獣はどこにでも存在しているのだが種類が多い。その多くは、子供の戦闘訓練に使われる程度のものばかり。

キーチン荒涼帯にも生息しており、この辺りに出没するのは全身が白いシャインバルーンという種だ。

シャインバルーンはバルーン種の中では手強く、一番弱く一番有名なノーバルーンと同じ感覚で手を出すと手痛い目にあう。

もっとも——

ザハルの視線の先にいるシャインバルーンと対峙するのは一人の少女。

向かってくるシャインバルーンを見据えながら、彼女の身体のサイズに合わせて誂えられた剣を危なげなく構えた。

「てぇぇぇぇぇいッ！」

駆け出しの傭兵などであれば手こずるシャインバルーンも、その少女——ショークリアはものともせずに両断する。

彩技《アーツ》によって身体能力を強化する流れに淀みなく、踏み込み斬撃を放つのに躊躇《ためら》いもない。

ザハルは地面に転がる真っ二つにされたシャインバルーンを確認すると、手に掛けていた鉄棍棒から手を離した。

「お見事。お嬢ってば、ほんと五歳のお子さまとは思えない腕だよねぇ」

「ザハル団長に褒められるのは嬉しいな」

そうやって笑う姿は年相応。

だが、シャインバルーンを簡単に倒せる五歳児となると、さすがに年相応とは言い難い。

そんな褒められるショークリアを見ていたガノンナッシュが横から口を出して胸を張る。

「ザハルのおっちゃん！　俺だってシャインバルーンは倒せるぞ！」

「見ていたとも坊ちゃん。二人そろって本当に規格外なんだから。すごいぞー」

困った顔をしながらも、ザハルの両手はちびっ子たちそれぞれの頭を撫でている。

すごい――と口にするのは、ザハルの本心からの言葉でもあった。

「でも、シャインバルーンを倒せるからって油断しちゃダメだ。ここらの魔獣の中じゃ、やっこさんは一番弱いからね」

褒めたあとで、しっかり忠告すれば、二人は真面目な顔をしてうなずく。

本当にできた子たちだ――と、ザハルは笑みを浮かべる。

「そういえば、お嬢……今日はスカートじゃないのね」

「そうなの！　やっぱ剣を持って暴れるなら、こっちのほうが動きやすいわ」

その場でくるりと回ってみせるショークリアが穿《は》いているのは、男児向けのズボンだ。騎士を目指す少年などが訓練で穿くものに見える。

実際、ガノンナッシュも似たようなものを穿いているようだ。

「でもそこまで男のモノそのまんまってズボンを穿いちゃうと、貴族的にはよろしくないんじゃない？」

「そう。よろしくないんだ。でも、剣を振るうならワンピースのような格好だと大変でしょ？」

ザハルの疑問に、ガノンナッシュが答える。

その答えに、ザハルの眉間の皺《しわ》が深まった。

「んんー？　よろしくないなら、お嬢はそんな格好でいいの？」

「よろしくないから、代案考えないとダメなの。どうすればいいかな？」

「それをおっちゃんに問われてもねぇ……」

多少、貴族の事情に明るいとはいえザハルは元々庶民の出だ。

礼儀作法ならいざしらず、そういう話をされても答えに困る。ましてや女性の服装となると尚更だ。

「他の領地には、女性騎士はいないの？」

「あ、そうか。女性騎士みたいなカッコをすればいいんじゃない？」

ショークリアの疑問に、答えを見つけたとばかりにガノンナッシュが口にする。だがそれには、ザハルが待ったをかけた。

「ちょい待ち。世間的に女性騎士ってのは印象が悪いのよな」

「そうなの？」

首を傾げるショークリアに、そうなの――とうなずいてから、ザハルは続ける。

「基本的にゃ王族や上位貴族の女性の護衛って名目なんだけど、その仕事をするには強さよりも見目と立ち振る舞いが優先される。だから、弱いって印象が強いワケ」

【2】


「強い女性騎士っていないの？」

「いないことはないさ。下手な男より強い奴ってのをおっちゃんは知ってるよ？　でもね。彼女は活躍できないのさ」

「何で？」

「女だからさ。どれだけ実力があろうと、女性騎士だから前線に出してもらえない。活躍しても報酬や名誉をもらえない。だって女性騎士が強いワケがない――それがこの国の女性騎士さ」

「え？　実際強いなら、強いワケがないっていうのはおかしいような……？」

さすがに、腕は良くても子供なのだろう。ショークリアはその歪《いびつ》な構造に首を傾げる。

だが、ガノンナッシュは違うようだ。

「それを男性騎士が口にするの？」

「まぁね。とりわけ男性騎士はその傾向にあるけどな……男性騎士だけじゃないさ。世の中の貴族――いや、平民も含めてみんなが口にするのさ」

露骨にガノンナッシュの顔色が変わった。

ちらり――と、ショークリアに視線を向けるのを見れば、ザハルとて言いたいことはわかる。

首を傾げながら考えているショークリアには聞こえないように、ザハルは小声でガノンナッシュに告げる。

「世に出ても、きっとお嬢の才能は認められない。男よりもできる女ってのは、どこへ行っても嫌われるのさ。だから、うちの大将もお嬢の料理を、お嬢が考案したとは敢えて口にしないで領内に広めてるっしょ？」

「バカバカしい」

「おっちゃんも坊に同感よ。だけど、世間がそうはさせない。坊たちのお袋さん――マスカの姉御みたいにすげー魔術士ってのは割といる。だけどやっぱり、あまり認めてはもらえない。この国の――特に貴族の男共は、名誉と栄誉は男のものだと考えるからだ」

ザハルの言葉を、ガノンナッシュは認められなかった。

自分の憧れていた騎士という存在が、急に魅力のない職業になってしまったかのようだ。

「文官はどうなの？」

「文官はまだマシかな。騎士ほど男偏重《へんちょう》ってワケじゃない。でも、やっぱり女だと実力があっても上にはいけないから、中ほど止まりだぁね」

質問に答えると、ガノンナッシュは難しい顔をしながら、顎を撫で始めた。その姿は、執務をしているときのフォガードそっくりだ。

それを見てザハルは思わず笑みをこぼす。

どうやら、ガノンナッシュは、剣だけではなく思考も早熟なのかもしれない。

「ねぇ団長」

「なんだい、お嬢？」

「女性騎士の役割はわかったわ。でも、女性騎士の格好については聞いてないんだけど」

「ん？　ああ。そうねぇ……基本的にはスカートだぁね。丈はさすがに少し短くして動きやすくはなってるけど、はしたなく見えない丈だから、結局は……って感じ」

うーん……とショークリアは唸り、ややして何か閃いたように顔を上げた。

「スカートの下にズボンとかダメかな？　丈の短いスカート——膝丈くらいのに、動きを阻害しないようなピッチリしたズボンとか」

「さてなぁ……。騎士としてそれが在りかなしかだと、おっちゃんには答えられないかな」

スカートの下にズボンという発想は面白いが、この国の男性貴族たちが何を言い出すかわからない。

「それじゃあ、戦士団の女性用制服として採用するのは？」

「え？」

思わずザハルが間の抜けた声を上げる。

「いやほら。わたしだけ特注しちゃうくらいなら、制服にしちゃえば無駄にならないかなぁ……って」

「ショコラ。それって戦士団に女性を入れるってコト？」

「んー……？　そこまでは考えてなかったけど、そういうコトになるのかな？」

ガノンナッシュの言葉に、ショークリアが曖昧にうなずく。

それを横目に見ながら、ザハルの頭の中で様々なことが巡っていく。

「お嬢、その制服の衣装画とか描ける？」

「絵はそんなに上手くないけど……」

「見てどんなのか理解できるなら問題ないさな」

「ザハル、今の話を採用するの？」

「大将を説得する必要はあるけどね」

「女性戦士がいたら余所から馬鹿にされないかな？」

「馬鹿にしたいやつらにはさせときゃいいワケよ。それに――」

そもそも、この領地を守っているザハルたちが、騎士を名乗らないのには理由がある。

「おっちゃんたちは傭兵あがり。騎士サマみたいな華麗な振る舞いはできないのよ。だから、敢えてこの領地では領衛騎士ではなく、領衛戦士を名乗ってるってワケ――で、騎士じゃないから慣例守って女性騎士を目立たせないなんてコトする必要ない。将来的には、ショコラのお嬢の護衛戦士も必要になるからね。それを考えれば、お嬢の案は悪くないかもしれないのよ」

人手不足解消の妙案が思いもよらない場所から出てきた。

そのことにザハルは、どこか人の悪そうな笑みを浮かべるのだった。


シャインバルーン狩りをした日の夕方。

（うーむ……マズい料理はだいぶ改善されてきたけど、揚げモンばっかになってきたってのは良くねぇな……）

家の廊下を歩きながら、ショークリアはぼんやりと考える。

控えて歩きながらミローナはその姿を見て、また何か変なことを考えているな――と読みはしたものの、敢えて口を出したりはしない。

ショークリアが食事のことを考えていると、思考の端にザハルの悪そうな顔が浮かんできて、軽く頭《かぶり》を振った。

（ザハルのおっちゃんが何か悪巧みしてそうな顔してたけど……まぁ直接オレが関わるコトはねぇだろ）

デザイン画は渡したのだから、もうこの件で呼び出しとかはないはずだ。

戦士団の女性用制服の図案なんてものが、どういう悪巧みに使われるかはわからないが、とにかくこの件は終わりのはずである。

（……不安感がやべぇな。気分転換とかしてぇけど……）

そんな折、脳裏に過《よ》ぎったのは前世のいろいろなスイーツだった。

「何か甘いものが食べたいかも」

思わず、口に出る。

横でミローナの目が一瞬輝くが、ショークリアは気づかない。

（ショコラ、何か甘いものを思いついたのねッ⁉）

ミローナはそんな期待感などおくびにも出さず、澄ました態度でショークリアに尋ねた。

「では、これからシュガールのいる厨房へ向かいますか？」

「行くけど……ミローナ、何か妙な期待をしてないかな？」

「気のせいです」

そんなワケで厨房——

「また来ちゃったわ。シュガールいる？」

「おう、お嬢。いらっしゃい。何か思いついたのかい？」

「うん。最近出してくれてる、塩気の少ないダエルブってある？」

「あるぜ」

尋ねると、シュガールはポンっと切っていないダエルブを出してきた。

普段、スライスされたものが食卓に出てくるので、切られていないものを見るのは新鮮だ。

（あ、切れ目《クープ》は入ってねぇんだな、ダエルブって）

前世の記憶で例えるなら、色黒で太めのバタールといったところだろう。

ただ、クープが入れられていないので、綺麗な棒状とはいえず、やや歪みが出てしまっている。

（ま、クープに関しちゃ後で教えりゃいいか）

今は、思いつきを実行するのが優先だ。

「お嬢？　切ってないダエルブが珍しいか？」

「あ、うん。それもあるけど……」

「なんだ？」

「えーっと、その思いつきは後回しで」

まずは、材料をそろえてもらうとしよう。

この世界――というか、この土地なのかはわからないが――、蜂蜜はそこまで高価ではないようだ。

ならば、あれが作れるだろう。

（前世でお袋に作ってやったら妙に喜んでくれたっけな。この世界の有り合わせのモンでどこまでの味になるかはわからねぇが）

それでも、形にはなりそうな材料は存在している。

「材料なんだけど……蜂蜜と、花茶。あ！　花茶は蜂蜜と一緒にしても美味しそうなのでお願いね。それとエニーブの果実酒と、あと果物があれば、それを。全部使えるかどうかわからないんだけど」

「蜂蜜に花茶に果実酒、果物、ね……。お嬢、また変わったモン作ろうとしてるな？」

「ふふ……完成してからのお楽しみ、ってね」

まずはダエルブを切ってもらうとしよう。

「ダエルブを切ってもらってもいい？　えーっと、シュガールの人差し指くらいの厚さで」

「おう」

「切り終わったら、さらに縦に三等分、横に三等分して角切りに」

「任せろ」

シュガールは気持ちの良い返事をしながら、ダエルブを賽の目状に切り分けていってくれた。

「次は、フライパンにエニーブの果実酒を入れて。このお鍋の大きさだと……わたしの人差し指一本分くらいの深さで」

「はいよ」

フライパンの側面に、横向きに人差し指を当てて、量を示す。一応、それで通じたようだ。

「まずは焦がさないように火にかけて、酒精を飛ばすの」

「酒精を飛ばす？」

「ええっと……お酒の苦みの元で、酔っぱらっちゃう原因になる酒精は、火に弱いの。だからこうやって火にかけて沸騰させると、香りだけ残して消えるんだよ。やりすぎると焦げちゃうし、香りもなくなっちゃうんだけど」

「だったら果実水でもいいんじゃないのか？」

「あっちは果汁を一度お湯で割って薄めたものでしょう？　そうじゃなくて、お酒になったコトで味と香りが良くなってるものが欲しいの」

「そして酒精がなくなれば、お嬢たちお子様も口にできる、と」

「そうそう」

うなずくと、シュガールが難しい顔をして唸った。

あの顔は納得してなかったのではなく、こんな方法で酒を料理に利用できるのか――という発見に対する呻き声である。

フライパンの様子を窺いながら、その脳内ではこの手法をどれくらい他の料理に使えるか――などと考えていることだろう。

「そのくらいかな？　いったん火から離して、蜂蜜を……スプーンで二杯くらい？　そこに入れて」

「あいよ」

「蜂蜜も熱で溶けるから、今のうちによくかき混ぜて、馴染《なじ》ませて」

しっかりと混ざり合ったのを見てから、ショークリアはそこに角切りされたダエルブを放り込んだ。

「ダエルブを崩さないようにシロップをよく絡めて、ダエルブにシロップを染み込ませるように漬けるの」

「おう」

しばらくその様子を眺めていたショークリアは、やがてうなずいた。

「このくらいで良いと思う。ちょっと深めで小さいお皿とかある？」

「待ってろ」

そうして、戻ってきたシュガールが持ってきたのは、ショークリア的には小さいとも深いとも思わないサイズだった。

「もっと小さいほうが見栄える気がするけど」

「これが一番小さいんだよなぁ……」

「そっか。ならそれの中央に、シロップに漬けたダエルブを置いて。見た目が綺麗になるようにお願いね」

「おうよ」

エニーブの果実酒である赤ワインのような色合いと、蜂蜜の黄金が混ざり合ったような、艶めく深赤色のシロップを纏ったダエルブが皿の上に載せられていく。

三皿に均等に、見栄えするようにシュガールは盛っていった。

それだけでも悪くない見た目をしているものの、少し物足りない。

そこでショークリアはエニーブの実を一つ手に取った。

「シュガール、これ使ってもいい？　あと包丁とまな板も」

「もちろん」

許可をもらって踏み台の上に立ち、エニーブの実を四等分――くし切りにする。

エニーブは前世でいうブドウに近い果物だ。

もっとも地球のブドウと違い、房ではなく一粒ずつ木に実っている。マスカットやグレープより二周りほど大きい実が、リンゴやミカンのような感じでぶら下がっているそうだ。

皮は薄緑色ながら、果肉は赤い。この果肉と果汁こそが、果実酒や果実水の赤の由来となっている。ちなみに皮ごと生食が可能だ。

庶民の間では安価で美味しい甘味としても親しまれている果物である。

ショークリアは切ったエニーブを皿に添える。

皮の輝くような薄緑色と、果肉の濃い赤色は、白い皿とのコントラストもあって見栄えを良くした。

「おお？　切ったエニーブを載せただけなのに、豪華に見えるな」

「色とか見た目も大事な要素だと思うの。エニーブがあるのとないのだと、こっちのほうが可愛く見えるでしょ？」

本当は生クリームやカスタードクリームを添えたいところだが、この世界での乳製品や卵などの立ち位置がわかっていないので、保留である。食卓でもあまり見掛けたことがない気がする。

「これで試作品完成！」

「おお！」

笑顔でそう告げると、シュガールと後ろで控えるミローナも目を輝かせ――そして、ミローナが首を傾げた。

「……ところで、花茶や他の果物は使わないの？」

「あとで使うよ。試作品の第一号はこれで完成」

「第一号……」

「ふふ、楽しみにしててねミロ。今回はエニーブの果実酒でシロップを作ったけど、他の素材で作ったシロップも利用して、何種類か作るつもりなんだから」

そう告げるショークリアに、ミローナはもはや表情を隠すことも忘れて目どころか表情を輝かせた。

「ミロ、甘いもの好きだよね」

思い返してみると、果物などを幸せそうに口にしている覚えがある。

さらに、蜂蜜のかかった果物などがデザートに出てくるときなどは、それはもう輝くような笑みを浮かべているのだ。

【2】

「甘味の存在をもたらしてくれたクォークル・トーン様へどれだけ感謝してもし足りないと思ってる」

大真面目な顔をしてそう口にするミローナ。

その雰囲気からは力強い本気を感じる。

そんな二人の少女のやりとりを横目に、シュガールは皿をじーっと見つめて呟いた。

「中央じゃあ砂糖や蜂蜜をたっぷり使った菓子が甘味として食われてるが……こいつは、そこまで甘くなさそうだな」

その言葉が耳に届いたショークリアが首を傾げる。

「そんなにたっぷり使われているの？」

ショークリアの疑問に答えるのはミローナだ。

少しだけ、詳しく解説してくれた。

「砂糖はどこの国でも高価。だから、それを大量に使えるコトは富の証明と見栄に繋がるの」

「ミローナの言う通りだ。だからこそ、中央じゃあ王侯貴族に近いほど砂糖を大量に使った料理を好む」

（おいおい。塩っ辛いだけじゃなくて、クソみてぇに甘ぇモンもあるのかよ……。極端すぎて身体に悪そうだな、おい）

話を聞いて、ショークリアは思わず胸中でツッコミを入れる。

それから、至極真面目な顔をしてシュガールへと告げた。

「本当の贅沢って、どれだけ量を使ったかじゃなくて、どれだけ適切に料理へ使えているか――じゃないかな?」

「どうしてお嬢はそう思う?」

「だって、それだけ失敗できたってコトでしょう?」

ショークリアの言葉のあと、僅かな沈黙が流れる。

(大量に使って贅沢を示すよりも、成功するまで砂糖や塩を使わせてくれるってほうが贅沢だと思うんだよな)

その程度の感覚で、彼女は口にした言葉だったのだが、ミローナとシュガールはそんな簡単な受け取り方をしなかった。

砂糖や塩を使って料理に失敗するということは、砂糖や塩を無駄にしたとも取れる。

失敗は積み重ねることで最適に至る道となるわけだが、使う調味料が高価ともなれば、誰もが失敗を恐れるだろう。

だが、最適に至るまでの使用許可を出すということは、高価な調味料を何度も使って失敗することを許しているとも言える。

高価な調味料の無駄遣い――それは食事の予算を決定する雇い主の器と、財を示す証拠になるのではないだろうか。

ならば自分は、器と財を真に示せる主になる――ミローナとシュガールは、ショークリアが暗にそう告げているのだと、深読みしすぎな真意(思いこみ)を受け取った。

【2】


「お嬢ぉぉぉぉぉ〜〜……ッ!!」

感極まったような声を上げて、シュガールはショークリアに抱きついた。

「え？」

何がどうなっているんだろう？

戸惑いながらミローナに視線を向けると、彼女も彼女で何か驚いたような感動したような顔でショークリアを見ていた。

助けてはくれそうにない。

「お嬢はッ、俺のッ、クォークル・トーンだッッッ!!」

お〜いお〜い……と泣きながら、暑苦しい抱擁をしてくるシュガール。

胸元で握った拳を震わせながら何かに感動しているようなミローナ。

その様子にしばらく戸惑っていたショークリアだったが、やがて気を取り直すと、二人に告げた。

「……そろそろ、試食とかしない？」

それは、この状況からの脱出を可能とする魔法の言葉であった。

「ショコラ……ショコラお嬢様がそこまでお考えだったとは」

——などと口にして何やら感極まっているミローナと、もっと直接的に抱擁という手段で感動を表現していたシュガールを正気に戻し、ようやっと試作一号の実食である。

シュガールが用意してくれたフォークを手にとって、ショークリアはシロップに軽く漬けたダエルブを刺した。

前世において、この料理の本式ではブリオッシュで作るものだ。

また、日本の家庭にある有り合わせの材料で作るにしても、食パンやバターロールが材料になるだろう。柔らかいパンを使うのが、基本となっている料理だ。

それをこの世界のハードパンであるダエルブで作ったことで、どれほどの味になるのか。

「いただきます」

「だからショコラ。フォークを刺す前に言おう？」

ミローナの小言を聞き流し、シロップ漬けのダエルブを一つ口に運ぶ。

シロップが染み込みだいぶ柔らかくなったダエルブ。蜂蜜の甘みと、エニーブの酸味。そして酒精の香り。甘みも風味も香りも悪くない。

シロップに漬かってもなお残るダエルブの歯ごたえも、ショークリアは嫌いではなかった。

（おう。美味いな。悪くはねぇ。悪くはねぇが……ダエルブで作ったからこその問題点があんな、これは）

ショークリアが味をしっかりと確かめるように口を動かしていると、横でミローナが恍惚《こうこつ》とした声を漏らす。

「美味しい……」

どうやら彼女のお気に召したようだ。

だが、一方で――シュガールの顔は驚きから渋いものへと変わっていく。

「お嬢」

【2】


「何かしら？」

「これは、お嬢の求めた味にはなってないよな」

「シュガールはどうしてそう思うの？」

「……ダエルブの塩気が邪魔だ」

「さっすが♪」

シュガールの言葉に、ショークリアの声が弾む。

初めて食べた料理ながら、シュガールは今回の問題点を即座に気づいたようだ。

「恐らく、このダエルブを使う限り――どんなタレを使っても、この欠点はついて回るだろうな」

「そうだね。だから、塩気の薄いダエルブを作ってほしいかなって」

「甘くなくていいのか？」

「うーん……」

本式がブリオッシュを使っていることを思えば、甘めのパンでも問題ないとは思うが――

「その辺りはシュガールに任せるね。どういう塩梅が良いかまでは思いつけないから。美味しいなら万事最高ってね」

シュガールならば、適したダエルブを焼いてくれることだろう。

「了解だ」

「合い言葉は――美味しいは正義ッ！」

「……美味しいは正義ッ!?　なんて良い言葉だ。俺の心の深いところに刻んでおくぜ」

ショークリアとシュガールがそんなやりとりをしている横で、ミローナは深く深く吐息を漏らしている。

本当に、気に入ったようだ。

試作品でこれなのだから、完成品を食べたら彼女はどうなってしまうのだろうか。

そんなミローナを横目に、ショークリアはフライパンを示した。

「シロップの作り方は、基本的に大本となる材料を温めて蜂蜜と混ぜる。甘みの少ない柑橘類《ニラダナム》の果汁とかでちょっと酸味を加えるのも美味しいかもしれないよ」

「花茶の場合は、煮出してから蜂蜜を混ぜてやる感じだな？」

「うん」

「果物はどう使うんだ？」

「細かく刻んで水と一緒に煮立てたものに蜂蜜を加えてシロップにしても良いし、さっきわたしがしたみたいに飾り付けに使ったり――いろいろ」

「ふむ」

「美術品みたいに綺麗だったり、素敵な香水みたいに良い香りがしたりすると、食べるときに期待感が高まったりするだろうから、味だけじゃなくてそういうところも、がんばって――口だけじゃなくて目でも鼻でも楽しめるものを目指してほしいの」

「そりゃあ、挑戦しがいがありそうな課題だな」

強敵に挑む戦闘狂の戦士の顔で、シュガールは不敵に笑う。

これで、騎士や傭兵等の経験が皆無だというのだから、人は見かけによらない。

「それとダエルブなんだけど」

「お？　さっきの話だな？」

「うん……口で説明するの難しいんだけど……焼き窯に入れる前のダエルブってある？」

「おう。あるぜ」

うなずくと、シュガールはダエルブの生地を持ってくる。

ダエルブの黒色は、恐らく使っている小麦本来の色なのだろう。

成形された生地そのものが、やはり黒い。

「小さめのナイフを貸してもらってもいいかしら？」

「ほれ」

「ありがとう」

ナイフを受け取ったショークリアは台の上に乗って、ダエルブの生地と向かい合う。

「これからやるのは、クープっていうものなの。遠い国の言葉で、切れ目とか切り込みって意味の言葉」

「ダエルブの生地に切り込みを入れるってコトか」

「そう。ナイフの先端をちょっと刺す感じで斜めに……深さはえーっと、あ！　このナイフの厚さくらい？　そこから肘を使ってまっすぐ線を引くように——薄皮一枚残すように……」

縦長の生地に対して斜めの切り込みを四本引いていく。

「これがクープ」

「何か意味があるのか？」

「とりあえず、これで焼いてみてほしいな」

「了解だ。だが焼き上がるとなるとちょいと時間がかかるな……」

「なら、また明日遊びに来ていい？」

「おう。そのほうがいいな。塩気の少ねぇダエルブも作っておきてぇし、それで頼む」

そんなワケで、甘味に酔いしれているミローナの横で、翌日のスケジュールが決まるのだった。

ちなみに正気に戻ったミローナが、残りの試食が明日へ変更になったことに絶望するのは完全に余談である。


領主の執務室にて、ザハルはそれを見せた。

「これ、お嬢が考えた、戦士団の女性用制服」

「……どういうコトだ？」

目を眇めて尋ねてくるフォガード。

ザハルはその視線を気にした様子もなく笑う。

「お嬢は、戦闘服が欲しかっただけ。その過程で女性騎士の服装の話をしてね。そこから、お嬢がこういう服を思いついたワケ。んで、お嬢としては自分だけ服を作るくらいなら女性用ってコトにしちまったらどうかって言ってってね」

「……女性戦士を採用するのか？」

「そ。オレもそこで思ったワケよ。女性騎士の扱いを考えると、女性登用ってのは結構な掘り出し物が出てくる可能性とかね」

「だが、女性戦士は周囲からナメられるのではないか？」

「ナメさせときゃいいっしょ。うちらはおキレイな騎士じゃないってのは、旦那も知っての通りだしな」

「……ふむ」

一考の余地がある——と、フォガードは女性用の制服の衣装画を睨む。

だが、採用させるにはまだ足りないとザハルは判断する。

そのために、ザハルは後押しとなる言葉を付け加えた。

「お嬢の将来も考えたら、重要だと思わないかい、旦那？」

「…………」

「実験よ実験。お嬢みたいな天才が、女性だからって理由で潰されちゃうなんて、勿体ないっしょ？」

フォガードの眉間の皺が深まるのを見て、あともう一押しだとザハルは逡巡する。

「マスカの姉御の実力だって、世間に認めさせる機会になるかもしれないぜい？」

ザハルからしてみると、性別だとか貴族の矜持だとかはどうでもよくて、優秀な人材による人手不足解消こそが優先だ。

ショークリアの話を聞くまで女性登用という発想はなかった。だが、言われてみれば確かに優秀な人材を発掘するにはうってつけの鉱脈とも言えるだろう。

「良いだろう。試してみる価値はありそうだ」

ややして、フォガードはゆっくりとうなずいた。

「よっしゃ。募集要項はどうすればいいんだい、旦那？」

グッと小さく拳を握って、ザハルは笑みを浮かべた。

それに対して、フォガードは少し思案する。

「……そうだな。せっかくだ。明日あたり、マスカとショコラを交えて考えるとしよう」

「姉御とお嬢を――ですかい？」

「ああ。恐らく女性を募集するにあたって、女性だからこその要項なども必要になるだろうからな」

こうして、ショークリアの知らぬところで、もう一つの明日の予定が決定したのだった。


（いったいぜんたい……何がどーして、こーなってやがる……？）

ショークリアは混乱の渦中にいた。

昨日、シュガールと約束した試作二号以下の新作の試食。それをするために、午後に厨房へと顔を出すつもりだったのだ。

だが、昼食が終わり、午後の勉強の時間も終わった頃。

【2】


そろそろ厨房に顔を出して、おやつがてら試作品でも食べようかと考えたときだ。

突如として部屋へ現れたココアーナにあれよあれよと着替えさせられて、お茶会に使われるサロンへと連れてこられた。

「……今日は、お茶会の練習があっただなんて聞いてないよ？」

「はい。練習ではございませんから」

「え？」

意味がわからないと首を傾げているうちに、席へと座らされる。

それに少し遅れて、ミローナと共に母マスカフォネがやってきた。

「ごきげんよう、ショコラ」

「はい。ごきげんよう、お母様」

挨拶をして対面に座るマスカフォネに、ショークリアは尋ねる。

「ところで、いったい何が始まるの？」

「あら？　ココから聞いてないの？」

逆に問われて、ショークリアは目を瞬く。

首を回して背後に控えるココアーナに視線を向けると、ココアーナは視線でミローナを示した。

それにうなずいて、ショークリアはミローナを見る。

「……ミロ」

「えーっと……」

すると、ミローナはどこかバツが悪そうに視線を泳がした。

「ショコラお嬢様は、新しい料理の試食を秘密にされたかったのですか？」

そんなミローナを見て、ココアーナはショークリアにそんな問いをかける。

その言葉に、僅かに逡巡してからショークリアは答えた。

「そういうつもりはなかったけれど……でも、今日もまたミロと二人でシュガールのところへ行くつもりだったかな。シュガールもある程度の完成度が出るまでは、他人に出したくないところがあるみたいだし」

「なるほど。それがお嬢様の意だったワケですね」

ふむふむ――とココアーナは何かを理解したようにうなずくと、ミローナに笑いかける。

……だが、目は笑っていない。

そんなココアーナの様子に、マスカフォネが助け船を出すように口にした。

「ココ。構わないわ。ショコラに聞かせるのにも意味はあるでしょうから」

「恐れ入ります」

（……あ、やべ。これ、あれだな。ミロへの説教だろ？　なんかオレ、ココをキレさせるようなコトしちまったか？）

その空気を読みとって、ショークリアは内心オロオロとしていると、マスカフォネは優雅に微笑んで見せる。

「ショコラに何か至らぬ点があったとすれば、それはミロを制御できなかったコトかしら」

「ミロの、制御？」

「ええ。でも――そうね。本来、この件でそれは必要のないコト。ココから見れば、完全にミロの落ち度だから、気にしてはダメよ？」

「……はい」

うなずきながらも、胸中では汗が止まらない。

(いや、オレに落ち度がねぇって言われても……。ぜってぇ、オレが何かやらかしちまってるだろ……ッ⁉)

自分のせいでミローナがお説教されてしまうのならば、非常に申し訳ない。

「ミローナ。お嬢様の意はわかったわね」

「はい……」

「では、どうして私が怒っているのか、理解できますね」

「わたしが迂闊に試食会の感想を口にしたからです」

「よろしい」

そんなノリであっという間に説教が終わろうとしていたので、思わずショークリアが声をあげる。

「待って」

「どうなさいました？」

ココアーナとミローナがそっくりの仕草で首を横に振る。

なんだか微笑ましい姿に和みそうになる――が、そうではない。

「ミロが試食の感想をココに言ったのがどうしてダメなの？」

その疑問に答えたのは、ココアーナとミローナではなく、マスカフォネだった。

「簡単よ、ショコラ。ミロが試食した新作の感想をココに言った。それを聞いたココが私に話をした。それを聞いた私も試食したくなったから、試食会のためのお茶会を開いたのだもの」

「えーっと……あーっと……つまり？」

「つまり、ミローナの迂闊な行動が、このお茶会を開くに至ったのです。そしてこのお茶会はショコラお嬢様――つまり、ミローナは自らの主の意から外れた結果をもたらしてしまったコトになります。主であるお嬢様の意を汲むのであれば、このようなコトが発生しないために、私にも言うべきではなかった……というコトになるワケです。ちなみに、私の主は奥様です。なので、奥様の意を汲んでお茶会の準備を積極的にさせていただきました」

「ショコラ……ごめん……そういうコトなの……」

（これは……涙目のミロに対して、オレはどういう反応すりゃいいんだ……？　慰める――ってのはちょっと違うよな。話を聞く限り、従者としてのポカってコトだろうから……）

それはそれとして、ココアーナも微妙にそわそわしているので、試食品の味見をかなり楽しみにしているように見える。

（あー……これはアレだな。オレの落ち度だな。なんつーか、女のスイーツに対する情熱を見誤ってたのかもしんねぇ……）

事前に、新作の試食はまた二人で来ようとかミローナに言っておけば問題なかったのだろう。

ただミローナは昨日の試作品を堪能し、母であるココアーナに言いたくなるくらい嬉しかったことなのだろう。

そして、それを聞いたココアーナも興味を持ち、当然ココアーナから聞いたマスカフォネも興味を持った。

ましてやこの世界のスイーツといえば、昨日シュガールから聞いた通りの砂糖山盛りのものなのだとすれば、甘すぎないスイーツというのは興味の対象になるのだろう。

特に貴族女性にとってお茶会に出すお茶請けのフルーツや甘味の評判は、ステータスになるらしいのだから、尚更だ。

母マスカフォネは貴族女性であり、ココアーナとミローナはそんな貴族女性に仕える侍女だ。

どちらも流行に敏感であらねばならないのである。

……などと——ショークリアはごちゃごちゃと思考するが、結局のところ世界が変わろうと女性がスイーツ好き流行好きなのは変わらないということなのかもしれない。

(……みんな期待してそわそわしてやがるな……)

見回せば、母マスカフォネも、ココアーナも、ミローナも楽しみにしているのだろう。

どうしたものか——と一瞬考えるが、すぐに全てを一気に解決する方法があるではないか、と思い至る。

「いつものように厨房で食べるつもりだったから、驚いたけど、これはこれでいいんじゃないかな？　お茶会で食べるようなモノになるだろうし、ここで美味しくても食べづらいとかなら、シュガールに相談しやすいもの。味だけじゃなくて、見た目なんかはお母様のような貴族女性の視点を教えてもらいたいし、ココやミロの運びやすさとかも聞きたいわ。そのうえで、いろいろな人から味の感想も聞きたいから、用意が終わったらココとミロも一緒に席に着いて食べてくれないかしら？」

ショークリア的には最適解はこれだと考える。

（グダグダとアレコレ理屈を付ける前に、みんなで一緒に食えばいいんだよなッ！）

ただそれを直接的に口にするのは貴族らしくないそうなので、グダグダとアレコレ理屈を付けざるをえないのが、ショークリアにとっては些《いささ》かの面倒があるのだが。

それでもそんなことにも馴れてきたのか、スラスラと建前のような理屈が口から出てきてくれたので一安心だ。

そして、思いつきで口から飛び出してきたショークリアの言葉は、本人の意図はどうあれ聞いていた三人を驚かせた。

（ふふ、やるわね、ショコラ。望まぬ状況を怒らず、即座に自分の利に変える発想。同時にミロに対する寛大な器を見せている……。それどころか、ココとミロの心境を見抜いて同席に誘いつつ、あくまでも侍女の視点から見た感想が欲しいという建前もつけてある。これなら、二人も罪悪感なく試食ができるもの。完璧だわ）

（ミロを叱るどころか、この状況を新しい料理のために利用する方法を即座に考えつくとは……ミロから聞いていましたが、本当に頭の回転の速い方ですね。しかも、私の心境まで見抜いたのか、理由を付けてしっかりと同席させてくださるなんて……）

（ああ……ショコラ、ありがとー……ッ！　自分の阿呆なやらかしで、ママに怒られるわ甘味の試食はできなそうだわでメゲそうだったけど、ちゃんと試食できる方法を考えてくれたのねッ、大好き……ッ!!　これなら、今日の業務後のママからのお説教も耐えられそうッ！）

三者三様に感動したあと、マスカフォネがコホンと小さく咳払いをする。

それを耳にし、ココアーナとミローナは気を改めて背を伸ばす。

「ありがとう存じます、ショコラお嬢様。お言葉に甘え、私とミローナは、準備を終え次第、席につかせていただきます」

「では、私は奥様とお嬢様が席についたコトをシュガールに伝え、料理をお持ち致します」

「お待ちなさい、ミローナ。その報告は私が参ります。今後のお茶会のお茶請けにするというのであれば、運びやすさなども見ておきたいので。お嬢様もそれをお望みのようですから」

「かしこまりました。では、こちらはお任せください」

そうして、サロンを出ていったココアーナ。

ややして戻ってくると、なぜか父フォガードも一緒だった。

横にいるココアーナとソルティスがどこか頭を抱えた様子だったので、何となく何があったかは予想がついた。

「申し訳ございません、奥様。旦那様も同席されたいそうです」

「そうねぇ……ショコラ？」

「わたしは構わないわ。でもミロやココと同様にソルトからも感想を聞きたいから、一緒に席についてほしいの。それでよければ、お父様も同席していいわよ」

「――だそうよ。あなた？」

「うむ。問題ないぞ」

そうして席に着くフォガードを見ながら、ショークリアはふと思った。

（……アニキも呼ぶか。ここまで増えたら構わねぇだろ。むしろ、仲間外れはかわいそうだ……）

小さく息を吐いてから、ショークリアはマスカフォネに視線を向けた。

「お母様」

「なに、ショコラ？」

「お兄様も呼びましょう？　みんな揃っちゃったから、みんなで一緒に食べたいな」

ショークリアの言葉にマスカフォネはうなずいて、ココアーナへと視線を向けた。

「ココ。呼んできてもらってもいいかしら？」

「かしこまりました」

改めて部屋を出ていくココアーナを見ながら、頭をガリガリと掻きたくなるのをグッと堪える。

何やらただの試食会が大事になってしまった気もするが――

（ま、家族が仲良くやんのは悪ぃコトじゃねぇもんな。大事になったら大事になったで、楽しみゃいいのかもな）

急に呼び出されたガノンナッシュが、不思議そうな顔をしながら席につく。

「なんで急に家族でお茶会とか始まっちゃったの？」

その問いに、ショークリアは何ともいえない苦笑を返す。

それから、兄に仕える従者を見遣った。

「ミロにもココにもソルトにも頼んでるから、モンドにもお願いしたいコトがあるの」

ガノンナッシュが席につくのを確認し、椅子から手を離した兄の専属従者モンドーア・ラックシュにショークリアは声をかける。

こちらの呼びかけに彼はサラサラとした桜色の髪を揺らしながら柔らかな笑みを浮かべた。

「従者一同が了承しているのでしたら、私もお引き受けいたしましょう。何をすればよろしいのでしょうか？」

モンドーアもまた、どうして従者なのだろうかと不思議に思う人物だ。

やや高めの身長と、見目麗しい顔。フォガードや、ザハルが認める剣の腕を持っている。

ガノンナッシュが理想とする騎士の要素をこれでもかと持っていながらも、従者としての仕事を譲らない妙な頑固さを持つ人物だ。

だが、決して堅物というわけではなく、真面目で誠実で気さくな人柄は、男女問わずウケがいいらしい。

領内には密かにファンクラブのようなものがあるのだと、ミローナが言っていた。

とまれ、ショークリアはモンドーアへと頼みごとを一つする。

「難しいコトは頼まないわ。ただ一緒に試作品を食べてほしいだけ」

「一緒に、ですか？」

まったく想定していなかった頼みなのだろう。

モンドーアは鮮やかな赤紫色の瞳を数度瞬かせる。

「そう。今後はうちの食卓に載るし、お客さんに振る舞うかもしれないモノだから。家族に専属して仕えているみんなに、どういうモノか知っておいてほしいなって。そのうえで気になったコトや、わからないコトを聞いてほしいの。試作品だから、その意見を元にシュガールがいろいろと手を加えていくはずよ」

ショークリアの言葉に納得したのか、モンドーアは一つうなずいた。

「かしこまりました。ガナシュ様、ご一緒させていただいてよろしいでしょうか？」

「構わないぞ。一緒に食べるっていうのも楽しそうだ」


ココアーナと共に、試作品を載せたワゴンを押しながらサロンへとやってきたシュガールは、どことなく胡乱な眼差しでショークリアを見た。

その顔に罪悪感を覚えたショークリアは、顔の前で手を合わせた。

「ごめんッ！　なんか大事になっちゃった……！」

「びっくりしましたよ。急にお茶会で披露するとか言われて……」

「割とわたしのせいなの……ごめん、シュガール」

「ミロ……まぁ、だいたいはココさんから聞いてるけどな。こればっかりは想定しづらいって。気にしなさんな」

わざとらしくやれやれと口にしてから、ニヤリとシュガールは笑った。

「――さて、お嬢たちとの戯れはここまでにして、お待たせしやした。お嬢たちから聞いてるとは思いますが、あくまで試作品。見目も味も、まだまだ改善の余地があるシロモノです。それを前提に楽しんでくだせぇ」

気持ちを切り替えたようにそう告げて、まずはワゴンの一番上に載っていたものを手に取った。

バスケットに入った、ダエルブだ。

シュガールはそのバスケットごとテーブルに置く。

「これはダエルブですか？」

「ええ。まずは、新しいダエルブからです。お嬢からクープという手法の提案がありましてね。それを使って焼いてみたダエルブです」

そう言いながら、シュガールはもう一つダエルブを取り出した。

「そんで見比べるために、こっちを。こいつは、クープを施さずに焼いたダエルブです」

言われた通り見比べながらも、ガノンナッシュは首を傾げた。

「どこが違うんだ？」

「全然違いますよ、ガナシュ様。新しい手法を取り入れたダエルブは、見栄えする模様が付いているばかりか、その細長い形に歪みが少ないのです」

モンドーアの言葉に、皆が一様に納得してみせる。

「その通りです。お嬢の考えた手法は、歪みを少なくし、見栄えのする模様を施すというものでした。ですので、食事として提供する際に、このようなカゴに入れておくだけでも、食卓を飾るに相《ふ》応《さわ》しい姿となっておりやす」

「確かにな。歪さがなくなり、模様の付いたダエルブは悪くない」

シュガールの話に、フォガードも強くうなずいた。

「そして何より――」

その様子に満足したシュガールは、新しいダエルブを手に取って、ワゴンに用意してあったナイフでスライスし、一枚ずつ皿に載せて全員に配っていく。

「こうして目で楽しみ、期待感の高まったモノを口にするってのは、なかなか楽しいと思うんですよね」

新しいダエルブ。見目だけではなく、味にも何か変化があるのかもしれない。

確かに期待感の高まりを覚えているのだと、全員が納得する。

「では、いただきましょう」

マスカフォネの言葉で、全員が食の子女神《クォークル・トーン》に感謝を捧げて口にする。

（おおッ、これこれ！　堅さ以外はほとんどフランスパンになったな。ダエルブは……）

仄かな塩気によって引き立つ小麦の甘みに、ショークリアは思わず顔を綻ばせた。

「ダエルブに使っている小麦《ミルツ》――紫小麦《ツェロイヴ・ミルツ》だっけ？　こんなに甘いのね」

「ええ、本当に……これは驚きだわ」

ショークリアの言葉に、マスカフォネが感嘆しながらうなずく。

「これもほかの減塩料理と同じで、少量の塩気が紫小麦の甘みを強く感じさせてくれるのね」

マスカフォネ以外からも概ね好評のようで、ショークリアとシュガールは胸をなで下ろす。

だが――

「……確かに不味くはないんだが、俺は普段のガツンと塩気のくるほうが好きだなぁ……」

フォガードだけはイマイチだったようだ。もっとも、個人の好みの問題なので仕方がないだろうが。

「ああ、皆さん。そのダエルブは食べきらないようにしといてくだせぇ。半分くらい残しておいて、こいつを使ってほしいんです」

そう言ってシュガールは、小さなスプーンを添えた、小鉢のような皿を二つずつ置いていく。

小鉢の中にはオレンジ色の液体と、赤い色の液体がそれぞれ入っている。

「これは……？」

「どっちか片方をダエルブにちょいと載せて食べてほしいんですわ」

言われて、皆がそれぞれにそのタレをダエルブに載せて口にして――

「美味しい！」

真っ先にミローナが表情を輝かせた。

すぐにもう片方を試し、やはり表情を輝かせる。もう太陽かとツッコミたいほどにツヤツヤと輝く笑顔を浮かべている。

「……なるほど。訂正しよう。単体で食べるなら普段のダエルブだが、このタレを使って食べるならば、この薄味のダエルブのほうが良さそうだ。普段のダエルブではこのタレの甘みを塩気が邪魔するだろうな」

どうやらフォガードもお気に召したようだ。

それを見ながら、ショークリアもオレンジ色のタレを載せて食べる。

「……美味しい」

思わず、口から漏れる。

風味豊かな柑橘の酸味と、細かく刻まれた皮のほのかな苦みと渋み。それが蜂蜜によって包まれ、フルーツシロップのようになっている。

この味を、ショークリアは知っている。

（蜂蜜で作られてるとはいえ、ほぼほぼマーマレードか、このオレンジのタレはッ！）

そうなってくると、赤いほうも気になる。

こちらは、柑橘のように皮は入っていないようだが、すりつぶされたような果肉らしきものが入っている。

「……これも美味しい」

どうやらこちらは、エニーブのようだ。

【2】


昨日作ったエニーブのシロップよりもずっと良くなっている。

こちらも昨日のシロップ感と比べると、かなりジャム寄りのものとなっていた。

「昨晩、ミロが興奮してたのもわかりますね。これはたまりません……」

ミローナそっくりの恍惚とした顔で、ココアーナがほうと息を吐く。

どうやら親子で甘いモノが好きすぎるようだ。

「シュガール。これは何という名の料理なのですか？」

「昨日、お嬢はシロップと呼んではいたんだが……なんかちゃんとした名前とかあるのか？」

ソルティスからの問いにそう答えながら、視線をショークリアへと向けるシュガール。

みんなも揃ってショークリアへと視線を向けた。

「えーっと……。異国に、果物と砂糖を煮つめて作る似たようなものにジャムっていうのがあって……でも、そこでは砂糖で作ったモノ以外をジャムって言わないようだから……蜂蜜で作ったジャム……蜂蜜ジャムで良いんじゃないかな？　蜂蜜エニーブジャム。それと……ニラダナムのほうは、マーマレードっていうジャムに似てるから、蜂蜜マーマレードとかどうかな？」

しどろもどろにそう口にすると、誰もが口の中でその名前を繰り返す。

蜂蜜エニーブジャム。

蜂蜜マーマレード。

ガノンナッシュやミローナは単純にその味を楽しんでいるだけだが、大人組はそれだけではない。

フォガードはどう領地経営に生かせるかを考えるし、マスカフォネはお茶会などでどのように利用するかに思いを巡らせる。

従者たちは、主がどのように利用するか、利用した場合、自分らはどのように扱うかを考える。

蜂蜜ジャム——これには、それだけの価値があると、大人たちは考えていた。

そんな大人たちの思惑など気が付かないまま、ショークリアとミローナはこのお茶会へと爆弾を投下する。

「さて、シュガール。ダエルブとジャムは前座でしょう？　本命であるサヴァランをお願い」

「そうだった！　まだ本命があったんだよね！　試作二号楽しみ！」

「あの料理、そういう名前なんだな」

「……あれ？　言わなかった？」

「聞いてなかったぜ」

だれもが蜂蜜ジャムのお披露目だと思っていた中で投下される、前座という言葉。

ショークリアとミローナの様子を見るに、サヴァランという料理こそが、今回の試食会での本命なのだろう。

（……蜂蜜ジャムが、前座……？　では、本命にはどれほどの料理が出てくるの……ッ⁉）

（これが前座になるほどのモノ……⁉　ショコラとシュガールは何を作り出したんだ……ッ⁉）

（甘くて美味しいモノがもっと出てくるの⁉　うちの妹と料理人は、やっぱりすごいよなッ‼　楽しみッ‼‼）

（蜂蜜ジャムでさえ美味しかったのに……。これ以上のモノを出されてしまったら……どうなってしまうのかしら？）

（旦那様も気づいておられるでしょうが……これは、革命的ですな。我が領地で作れるモノを増やし、商売にしてしまうのもアリかもしれませんぞ……！）

（やはりすごいですね、ショコラ様は。しかし、女性故にこの才覚を隠さざるを得ない未来が想定できるのは勿体ない……ッ!!）

参加者たちの様々な思惑の中で、シュガールはワゴンの中段に入っていたトレイを、上に載っているものごと取り出して、ワゴンの上段へと移動させる。

それから、シュガールはトレイに載っているクロッシュを取った。

クロッシュの下から出てきたものに、全員が息を呑《の》む。

「光り輝く……ダエルブ……？」

「そのようだが……」

驚くマスカフォネとフォガードの前に、それが置かれる。

一口サイズよりやや大きく切られたダエルブが載っているのだが——それは、黄金色の光沢に包まれているのだ。

中央に寝かされたダエルブに、そこへ寄りかかるように二つのダエルブが置かれている。

寝かされたダエルブの上に、半分に切られたエニーブが載せられており、寄りかかっているダエルブの足下には、先ほどの蜂蜜エニーブジャムと、蜂蜜マーマレードと思われるソースが、それぞれに掛けてあった。

さらに、寄りかかっているダエルブの片方……その頂上に、トニムという前世でいうところのミントに似た葉っぱが載せてある。

それを全員分、テーブルに置いたところで、シュガールが告げる。

「これが、今回の試食会の本命です。お嬢考案の甘味料理、サヴァラン。是非とも味の感想を聞かせてくだせぇや。ああ、トニムの葉は飾り付けなんで、残してくれて構いません」

（……まぁ正確にはなんちゃってサヴァランなんだが……。まぁこの世界で本物もクソもねぇから、まあいいか……）

大げさに紹介するシュガールに、ショークリアは胸中でツッコミをいれるが、口には出さない。

シュガールの言葉を受けみんながすぐに食べ始めるかというと、そうでもなかった。

ミローナを除く三人の従者は、まず最初に皿を軽く持ち上げたのだ。

「シュガールさん。これはすぐに倒れたりは？」

モンドーアが三人を代表して尋ねる。

「今回はちと、エニーブが怪しいな。傾けると倒れちまうかもしれねぇ。運ぶときに崩れにくく見た目も良い盛りつけってやつを、今は考え中だ」

それに対するシュガールの答えに三人はうなずいた。

「足下のジャムも見目は良いですが、傾けると流れてしまい、このままだと運ぶときに注意が必要そうですな」

「ソル爺。ソースを別に添えて、いざ食うってときに、運んだ従者に掛けさせるってのは現実的か？」

「微妙ですな……私たち三人であれば、教えていただければできそうですが……」

「客人が多い場合とかだと現実的とは言えないか」

「ええ」

そんなやりとりを従者たちがやっている傍らで、マスカフォネとフォガードも、サヴァランを見ながらやりとりをしていた。

「甘味料理……か」

「ええ。ですが、先ほどの蜂蜜ジャムの味を考えると、中央で食べるものほど、甘くはないかと」

「そいつはありがたい話だ」

「ふふ。あなたは、中央の砂糖料理、得意ではありませんものね」

「ああ。あれはもう料理ではなく砂糖の暴力に思える――……」

そこまで口にしてフォガードは何かに気づいたような顔をする。

「そうか、ショークリアにとって普段の食事が、塩花の暴力に感じていたのかもしれないな」

「食の細い子――などと勝手に思っていましたけど、そのように感じながら食べていたのでは、食が細くもなりますね」

どれだけの我慢をさせていたのだろう――二人は、そんなことを思う。

だが、彼女は食事中笑っていたし、今も真剣にサヴァランを見つめている。

「……ザハルの計画、本格的に採用するべきか」

そんな娘の横顔を見ながら、フォガードは独りごちた。

サヴァランに手をつけない大人たちを見ながら、ガノンナッシュとミローナはそわそわとしている。

はやく食べたくて仕方がないのだが、大人たちが手をつけないのだから、自分たちが手をつけるわけにはいかないのだ。

ショークリアが何か言ってくれればみんなも食べるだろうに、彼女も彼女でサヴァランを真剣な顔で眺めている。

（この黄金の光沢……エニーブの果実酒じゃねーな。何か別の酒で、シロップを作ったんだと思うが……）

しばらく観察していたショークリアだったが、見ているだけではわからなかった。なのでそろそろ口に入れたい。そう思ってショークリアが周囲を見渡してみると、みんな手をつけていない。

そのとき、ショークリアとガノンナッシュの目が合った。

（ショコラッ、兄ははやくサヴァランを食べたいぞ……ッ!!）

（なんて熱い視線なんだアニキ……ッ！　そんなに食べたいって思ってくれるのか……ッ!!）

アイコンタクト。以心伝心。兄妹の絆。

――そんな大げさなものでもないが、ともあれ、二人の心は通じ合った。

「さて、みんなそろそろいただきましょう？　食べずにずっと空気にさらし続けると、味が落ちちゃうものだし」

実際、そこまですぐに落ちたりはしないだろうが、こうでも言わないとみんな動かない気がしたので、ショークリアは少し大げさに言ってみる。

「そうね。綺麗に輝いているから、もっと見ていたいけれど、ショコラがそう言うのならそうなのでしょうね。みんな、いただくとしましょう」

マスカフォネが笑いながらうなずき、ナイフで切りフォークで口に運ぶ。

それを皮切りに、みなも思い思いに口に運びはじめた。

ショークリアはまずは何も掛かっていない部分を切り出し、口に運ぶ。

シロップを吸ったダエルブは柔らかく、噛みしめるとじわっと口の中にシロップを広げる。

酒精は飛ばされているようだが、風味の中に仄かな苦みは残っている。だがそれに嫌みはない。

昨日の試作品では、シロップの味に対してダエルブの塩気が強すぎたが、今回は塩気の少ないダエルブを使っているため、それもない。

(おお……やっぱ果実酒じゃねぇな……。ブランデー……いやウイスキーに近いモンか？　さすがに酒はそこまで詳しくねぇからなぁ……)

黄金の光沢に何が使われているのか、ショークリアはわからない。

前世も未成年だったのだ。母親に付き合わされて多少は口にしたり、料理に使うのに味見としてほんの少し舐めたことがある程度で、本格的に味わったことはない。

(……いや、でもこれは……。ビールに近いのか？　確か、前世のお袋が時々飲んでた……バーレイワインに近いモンをシロップに使ったのかもしれねぇな)

前世の酒とどこまで近いのかまではわからないが、シロップに含まれる風味の中に、大麦に近いものを感じたのだ。

「……シュガール。これ、小麦か大麦《ギィブルツ》のお酒を使ったの？」

「おう。さすがお嬢。わかるか」

「お酒のコトは詳しくないけど、何となくシロップからもそういう味がしたから」

ショークリアの発言に、他の面々は驚愕する。

（え？　ショコラ、何でわかるの……ッ⁉）

（食の子女神《クォークル・トーン》の舌でも持ってるのかしら？）

（我が娘の才能が怖いな……）

などなど。ショークリアの舌に対して、みんなが似たような感想を抱いていた。

驚いているみんなを余所に、ショークリアとシュガールは言葉を交わす。

「白小麦《エティフ・ミルツ》の——熟成小麦酒《ミルツェール》を使ってみたんだ。酒精の強いやつをな」

その言葉に、ショークリアは合点がいった。

（なるほど。ウィートワインに近いモンを使ったのか）

もちろんウィートワインそのものは前世で飲んだことがないので、ショークリアには味の比べようがないのだが。

「果実酒でシロップを作って果実のジャムを使うと、少し飽きやすい味になっちまった気がしてな。だから、風味がよくダエルブや果物の味を邪魔しない酒を探していろいろ試したらこれだってな。白の熟成小麦酒の独特の香気は果実感もあって、生の果実やジャムの香りと喧嘩せずにまとまってくれる。風味も悪くないだろ？」

「うんッ！　あんな少ない情報でここまで作れるって、シュガールはやっぱりすごい料理人なのねッ！」

掛けなしの賞賛をすると、なぜかシュガールは感極まった顔をする。

「俺は今……料理人として最高の充実感を得ている……ッ‼」

「どうしたの、急に？」

こてり……と首を傾げるショークリアに答えたのは、モンドーアだ。

「どんな努力をし、結果を出そうが『認められない』という呪縛から、お嬢様はシュガールを解き放ったのですよ」

やっぱりよくわからずに首を傾げるが、モンドーアは柔らかな笑みを浮かべて、付け加える。

「お嬢様自身のご自覚がなくとも構いません。ただ、これまでシュガールがどう足掻《あが》いても手に入れるコトができなかったモノに今この瞬間、手が届いたのだというコトだけは、理解していただければ、と」

モンドーアの言葉には不思議な実感が籠もっている。

きっと、彼もまた何らかのそういう経験をしたことがあるのだろう。

（よくわからねぇが、喜んでんのは確かか……。なら、変に水を差す必要はねぇよな）

ショークリアはそう考えて――

「ええ。わかったわ」

──素直にうなずくのだった。


そうして、和気藹々《わきあいあい》とみんながサヴァランを完食したタイミングで、シュガールが少し意地の悪い顔をした。

「さて……お嬢や坊ちゃん、ミロには悪いんだが……。大人限定でもう一品ありましてね」

その言葉に、ガノンナッシュとミローナの表情が露骨に変わる。

一方のショークリアは、何が出てくるか──何となくだが予想できたので、さして驚かない。

「……ショコラは何で平然としてるの？」

「予想通りのモノが出てくるなら、確かに大人限定かなって」

ガノンナッシュの言葉にショークリアはそう答える。

それは、ある意味で本式のサヴァランに近いものだろう。

「味も試作段階で飾り付けも何もしてないいんで、見てくれは悪いいんですがね」

言いながら、シュガールは大人たちの前に一口サイズのサヴァランを置いていく。

「一応、お子様たちの分もあるにはあるぜ」

気を利かせて用意してくれていたらしいシュガールは、ショークリアたちの前にも置いてくれた。

こちらは、大人たちのモノよりもさらに半分くらいのサイズだった。

「これだけー？」

「おう。大人用だからな。真面目な話、これを子供に出すと、俺は大人に怒られる」

「うちの国だと十七歳にならないと口にしちゃダメだものね」

「お？　お嬢はこれが何かわかったのか？」

「うん」

うなずきながら、大人たちからのツッコミが来る前に口に運んだ。

（うおおお……酒の味がしっかりするな。前世で初めてウィスキーボンボンを食ったときのコト思い出すぜ……）

じわっと染み出してくるシロップの味は、甘いだけでなく強い苦みを持つ。

それでいて喉の奥へと流れたとき、カッと熱を伴う。そしてその熱はゆっくりと胃の中へと落ちていった。これはまさしくアルコールの熱だ。

ショークリアが正しく酒を嗜《たしな》めるようになったときに食べたらまた違う感想が出てくるかもしれないが、今の段階では、あまり好みではない味だった。

「なにこれ……」

「うーん……」

当然、ガノンナッシュとミローナからも不評のようだ。

だからこそ、大人向けと言われているのだが。

「なんと……」

「これは良い……」

逆に反応が良かったのは、フォガードとソルティスだ。

「先ほどの風味だけの熟成小麦酒ではなく、そのものの味が柔らかいダエルブから広がっていく。シロップとしての甘みの後に残る強い熟成小麦酒の余韻が心地よいな……」

「ええ。熟成小麦酒のキレのよい苦みと、ダエルブの持つ仄かな塩気が、シロップの甘みと風味を高めていて、芳醇な味わいとなっておりますな……」

酒好きにはたまらない味だったのだろう。

「これはこれで良いですが……食べるのでしたら食後ですね。お茶会で食べるのでしたら、やはり通常のモノのほうが好みです」

「酒精を強く感じてしまいますからね。お酒が得意ではない方にはお出しできないかと。お客様に出す場合は、お酒の好みなどを知っていなければ難しそうです」

マスカフォネとココアーナの評価は、悪くない――程度のもののようだ。

お酒よりも甘いモノが好きな場合は、通常のもののほうが良いのかもしれない。

ショークリアとシュガールは心のメモ帳に今の大人たちの様子を記した。

それからちらり――と、ショークリアが横を見ると、ガノンナッシュとミローナが、やや気分を悪そうにしている。

「誰か、お兄様とミロにお水を。酒精にアテられてしまっているようなので、果実水よりもお水で」

サロン内で控えていた従者の一人がうなずき、足早にサロンを出ていった。

「ショコラは平気なのか？」

「ええ。わたしは特に何とも」

　今世は酒に強い身体で生まれたのかもしれない。

　そうして、食べ終わった皿を従者たちと共にシュガールが片づけて退室していく。

　ガノンナッシュとミローナも水を飲み人心地ついたところで――

「ソルティス、ココアーナ、モンドーア。片づけは他の者に任せ、お前たちは戻って席についてほしい。このまま少し、真面目な相談をさせてくれないか？」

　――フォガードがそう切り出してきた。


「実は、女性戦士を募集しようと思っている」

　そう言ってフォガードは一枚の紙をテーブルに置いた。

「これが募集要項の草案なんだが、皆からの意見を聞きたい」

　フォガードの切り出した話題に、ショークリアは思わず頬をひきつらせる。どう考えても自分が発端としか思えない。

「フォガード。それはどういう意図があるのかしら？」

「単純に人手が欲しい。常に募集はしているが、優秀な者は全く来ないからな。だったら女でもいいから、優秀な者を募集しようと思ったんだ」

「…………」
マスカフォネはフォガードからの返答に、難しい顔をして黙り込んだ。
その視線は、募集要項の草案に向いている。
ココアーナも同じような顔で草案を注視していた。
モンドーアはかなり複雑な顔をしている。
ソルティスは事前に聞かされていたのだろう。
みんなの反応を窺っているようだ。
ショークリアもテーブルに置かれた草案を見るために、身体を乗り出した。

・募集要項
・女性戦士募集
・給金　月払い　五万トゥード
・最低限の読み書きができる者
・ある程度の礼儀がある者
・ある程度の強さ

「うあ、雑」

思わずショークリアが言葉を漏らす。

【2】


「あくまで募集の草案だからな。これを基礎にして、募集の張り紙を作るんだが」

「えーっと、そうじゃなくて」

どう言うべきかと少し言葉を考える。多少言い回しを変えたところで、どうこうなる内容ではない。

人を募集するならもう少し具体的な情報が必要だろう。

あるいは、この世界ではこれが当たり前なのかもしれないが――

(当たり前だろうと、これはさすがにねぇな)

前世でも、あまりアルバイトなどの募集要項を見たことはないのだが、それでもこれではわかりづらいにもほどがある。

ましてや優秀な者を集めるのだから、優秀な女性が興味を引く内容などを盛り込むべきだろう。

「ミロ。ペンはある?」

「どうぞ」

「お父様、紙の裏を使っても?」

「ああ」

とりあえず、自分が思いつくままに、書いてみるとしよう。

・領衛戦士　募集中

「募集するのは女性だけ？」

「いや、男性が来るならそれにこしたことはないな」

「他には？　欲しい人の年齢とか身分とか」

「ふむ……。もともと戦士団はそれを問うてはいないな」

・出自、身分、年齢、性別 不問

「……最低限の読み書きってどのくらいを希望してるの？」

「ん？　そうだな……まぁ名前くらいは必要だな」

・最低限自分の名前の読み書きができること

「採用するかどうかの試験とかはする？」

「したほうがいいか？」

「絶対したほうが良いと思う」

・採用試験あり

「やる気と実力はやっぱり欲しい。無論、礼儀もな」

・やる気と実力、そして礼儀ある者

「戦士の募集だけど、戦士以外の能力が発覚したときとかどうするの？」

「それならそれで、是非とも採用したい」

・領衛戦士の募集だが、保持能力によっては、戦士以外の仕事での採用あり

「給金の五万トゥードって適正？　領衛戦士団の基本的な給金って月払いでどのくらい？」

「一般戦士は……十万くらいか？」

「なんで半額？」

半眼になってショークリアが尋ねると、フォガードは不思議そうな顔で目を瞬いた。

「何か問題がありますか？」

尋ねるのはマスカフォネだ。ショークリアが何を言いたいのかわからないという顔をしている。

それに対し、ショークリアは背筋を伸ばし、貴族の顔で告げた。

「お母様も正気ですか？　ザハル団長からは、女性騎士の中にも男性より強い人がいると聞いたコトがあります。そういう才能ある女性を拾い上げるのが、今回の募集の趣旨かと思いますが——お

父様、その認識でよろしいですか？」

「あ、ああ……」

ショークリアに気圧されたような様子で、フォガードがうなずく。

「だとしたら、半額ではなく満額で雇うべきです。月給十万トゥード。もちろん、仕事の出来不出来や功績などで昇給減給はありとします——というよりも基本的な部分は男性と同じで良いかと」

そこまで告げて、ふと疑問が湧いた。

「ココアーナとモンドーアの給金差はどうなっているのでしょう？　やはり同じように半分くらいの差がついているのですか？」

「あ、ああ……」

うなずくフォガードに、ショークリアは額に手を当てて天を仰いだ。

前世とのギャップがすごい。

そういう意味では、歴史の授業などで聞き流していた女性進出運動などの成果というのが、前世ではかなり大きかったのだろう。それをこの瞬間に実感できた気がする。

「そうなると、満額は難しいですね。まずは、長年勤め、その役目を全うしている女性従者たちの給金の見直しも必要でしょう。なら、とりあえずこの募集での給金は男女問わず七万トゥードとしましょう」

・月給　七万トゥード　昇給もあり（男女差なし）

「優秀な女性を使いつぶすのではなく、うちの領で独占して囲い込んでいくほうが、将来のためになると思うのです」

正直言ってしまうと、ショークリアはこの世界の男女の待遇差を甘く見ていた。

待遇一つとってもここまで差があるとは思っていなかったのだ。

「あとは実際、どのくらいの応募があるか……だとは思いますが、人数によっては男女に分けて採用試験をしたほうが良いかもしれませんね」

実際、同時に行うと男性側から女性側へのヤジや妨害といった嫌がらせも発生しそうな気がするのである。

「その場合、女性の採用試験はショコラがやるか？」

「……わかりました」

僅かに逡巡したが、自分がやるのが一番公平に人を見られる気がするのでショークリアはうなずく。

父にしろ母にしろココアーナにしろ、ショークリアの中にある前提とどうしても異なるところがあるだろう。それはきっとこの世界の常識《アタリマエ》からくるものなのだから仕方がない。

「ショコラ」

フォガードとショークリアのやりとりを横で見ていたマスカフォネが、名前を呼ぶ。

「どうされました、お母様？」

「貴女は――何を考えているの？」

「えーっと……」

マスカフォネの質問の意味がわからず、ショークリアは少し動きを止める。

何を考えている――と問われても困る。

単にあまりにも差が大きすぎるし、女性だから――というような理由で不当な扱いが不満だったというのが主な理由だ。それに、女性戦士を男性戦士と同様に扱おうとするなら、条件が不平等というのも、些か納得がいかなかった。

もちろん、自分の中の基準が日本になっていることは否めない。

それでも――だからこそ、男女がもう少し平等で良いのではないかと思うのだ。

（ああ、そうか……不平等感の強さが嫌なのか、オレ……）

自分の思考に納得したところで、ショークリアは口にする。

「優秀な人材として、領衛戦士という領地の主要業務に関わらせる以上、優秀な者は優秀な者なりの扱いをする必要があると思ったのです。言ってしまえば、男女関係なく優秀は優秀であるという平等さ……平等な評価をして採用しましょうというだけなのですが……」

その言葉に、マスカフォネとココアーナ――それだけでなく、サロンの中にいた女性たちが目を見開く。

「そうね。そうよね。その通りだわ」

「お母様？」

当たり前に受け入れていた概念に刃を入れられたような気分になったマスカフォネは何度もうなずき、フォガードへと向き直った。

「領地予算が厳しいのは理解しております。ですが、雇用している女性たちの給金を全体的に増やしましょう」

「マスカフォネ？」

「ショコラの言うとおりです。あなたが女性雇用を増やそうと言うのであれば、我が領地は良い機会だと思ったのですよ」

だからこそ――と、マスカフォネは告げる。

「募集要項は、ショコラの案を採用しましょう。いろいろと問題が出てくるかもしれませんが、その都度、みなで相談して解決していこうではありませんか」

マスカフォネの静かな迫力に、フォガードは大きく息を吐いてからうなずいた。

「わかった。とにかく募集してから考えよう。採用するかどうかは試験次第だし、採用した後のアレコレは、そのときだ。それでいいか？」

「はい。ありがとう存じます。あなた」

こうして、キーチン領における女性雇用状況の改善が始まることとなる。

そんな両親のやりとりを見ながら、ショークリアは思った。

（……なんか、すっげぇ大事になってねぇ……？）

『トーン！　これ、おかわりッ！』

『今日はもうおしまいだよトレ・イシャーダ様』

『だって、これ美味しいんだもの。もっと強いお酒を使って作れない？』

『そうさねぇ、味の組立が難しいけど、やってみようかね。明日、また来ておくれよ』

『えー……今日じゃダメ？』

『ダメだね』

『ぶー』


地上でサヴァランの試食がされているとき、同様に青の神による試食が行われていた。

作るのは当然、食の子女神クォークル・トーン。

マッチョババアにして神たる彼女が作り出すサヴァランは、試作といえどもこの世界で作れる最高品質に至るもの。

自ら新しい料理を創り出すのは人間たちと同じだけの努力が必要だが、人間界で新しく生まれた料理は、ただ再現するだけでなく完璧な品質にして最上のデキのものとして作りあげることができるのが、食の子女神たる彼女のチカラだ。

『面白い料理さね。ウデがなるよ。本当に楽しい嬢ちゃんだねぇ……彼女は』

『でしょー？　あの子に関わると良くも悪くもみんな未来が変わっちゃうの。楽しくて仕方ないのよねー』

どこかふわふわした口調の青の神に、クォークル・トーンは「おや？」と首を傾げる。

『トレ・イシャーダ様、もしかして酔ってるのかい？』

『そーかもー……なんかふわふわして楽しいのー』

青の神は、そこまで酒に弱い女神ではなかったはずだが――

『ふふ。美味しくって、わざと酒精への耐性を弱めて食べてたら、なんか楽しくなっちゃってー』

不思議に思っていた答えを貰って、クォークル・トーンは合点がいく。

『最近、いろいろ楽しいわー』

ふわふわふにゃふにゃとそう口にしながら、青の神は、テーブルへと突っ伏した。

やがて、すやすやと寝息を立て始める。

『やれやれ。本当に楽しそうな顔をしていらっしゃるね』

苦笑しながらも、クォークル・トーンは布を一枚どこからともなく取り出して、彼女に掛けた。

『儂《わし》はもう少しサヴァランとやらを作ってみるかね』

食べ終わった後も騒がしい人間たちのお茶会に背を向けながら、クォークル・トーンは、今度はどの酒を使おうかと楽しそうに悩むのだった。

3

ある初夏の日の夕暮れ——とある街のとある酒場。

平民向けの安酒場だが、雰囲気の良いその店の壁にその張り紙がある。

毛先に向かうにつれ白くなる赤髪に、黒の瞳を持つ女性の目に、それが止まった。


『領衛戦士　募集中！』


こういった店には、冒険者や何でも屋、流れの傭兵向けの仕事が紹介されていたりするのは珍しくない。何でも屋《ショルディナーズ》ギルドと提携し、仕事依頼の代行をしている酒場だってあるくらいだ。

そんなよくある光景に、彼女は不思議と目が奪われた。

『出自・身分・年齢・性別不問。最低限自分の名前の読み書きができること。採用試験あり。やる気と実力、そして礼儀ある者を求めています。

領衛戦士の募集ですが、保持能力によっては、戦士以外の仕事での採用もあります。

給金は性別関係なく基本七万トゥード。昇給あり』

【3】


（騎士ではなく、戦士……？）

気になる点がいろいろある張り紙だが、一番注目したいのは『性別不問』という部分と、性別関係なく同一の賃金が支払われるという点だ。

「場所は……キーチン領？　戦場で活躍した騎士へと押しつけられた田舎領地だったか……。結果発表は試験翌日――ちゃんと一泊できる部屋も用意してくれるのか……」

話の種としても面白そうだ。

「これから出発しても、採用試験日には間に合いそうだが――行ってみるか？」

独りごちながら、自問する。

本当に性別ではなく、有能さで判断してくれるのであれば最高だ。

そうでなくとも、この場でくすぶり続けているよりマシだろう。動いてみることで、新しい何かが見つかるかもしれない。

そう判断して彼女――サヴァーラ・リアン・ババオロムは、キーチン領へ向かうことにした。


――キーチン領。採用試験日当日。

この領地の領都だという村よりマシ程度の町の広場で、白い軽鎧に身を包んだサヴァーラに少しの驚きがあった。

（思ってた以上に、女が多いな……）

恐らくは自分と同じように、有能さをアピールすれば採用されるかもしれないという希望を抱いて来た者たちだろう。能力次第では戦士以外の仕事もあるという条項を見て、戦士枠以外を狙っている者もいるようだ。明らかに戦闘なんてできないだろう者たちも少なくない。

だが能力差や志望する職種はどれであっても女性応募者の多くは、誰もが真面目で真剣な眼差しなのが印象的だ。

「なんだ女が多いな」

「試験の後は一泊して合否待ちらしいからな」

「んじゃあ、夜に夢でも重ねちまうか？」

「ぎゃははははは！」

一方で、男性陣の中にとりわけ悪目立ちをしている六人ほどの集団がいる。ほかの男性応募者たちすら彼らには近づかず、遠巻きにしているほどだ。

（実力もカスだな。世間を舐めたまま大きくなった集団か……。明らかに貴族も交ざっているこの応募者の中で、貴族に対して表面上すら敬意や畏れがないのは……どうかと思うが）

彼らが無駄な厄介事を引き起こさぬように、サヴァーラが白の神へと密かに祈っていると――

「思ったより来たみたい」

「いや充分だって。お見逸れしちゃったわ、お嬢」

――些か場違いとも思えるやりとりが聞こえてきて、サヴァーラはそちらに視線を向ける。

そこには、恐らくは領衛戦士なのだろう胡散臭い雰囲気の男性と、見慣れない格好をした少女がいた。

　見た目で判断するに少女の歳は、最初のお披露目をしたかどうかといったところだろうか。

「なんだぁ、あのガキ？」

「いっちょ前に剣なんか持っちゃってよー」

　騒ぐ男性集団に、サヴァーラの背筋が寒くなる。

　少女の歩く姿は貴族のそれだ。そうでなくても、男性とのやりとりからして、戦士を募集している側の人間だろう。それをどうして理解できないのか。

（……考えたところで頭が痛くなるだけか。無視だ無視）

　小さく嘆息して、サヴァーラは少女へと視線を向ける。

　上質そうな黒革の軽鎧に、膝丈よりやや短めのスカート。その下に身体にくっつくようなズボンを穿いている。そして肘と膝には軽鎧と同じ材質の当て物がされ、脛まで覆うブーツ。

　全体的な色合いや雰囲気は、隣の男性と同じようだ。

　そして横の男性と同じデザインのベルトから、身体にあわせた大きさの剣を佩《は》いている。

（もしや、あれは制服なのか……）

　子供用に小さく作られていても、各所の作りはしっかりしていそうだ。

　動きやすく、女性らしさもあって、それでいて派手に動いてもはしたなく見えないような作り。

（あれを許可される領地ならば……）

　恐らくあの少女は、女性用制服の説明をするために着せられているのだろう。

（……いやだが……着せられているどころか着こなしている……。普段からあれを着て動いているのか……？）

少女に気が付いたほかの女性応募者もざわめき出す。

だが、無理もないだろう。あの少女の姿が本物なのであれば、年齢・性別不問という言葉が事実であると証明されるのだから。

「皆さんお待たせしました」

広場にあった背の低いやぐらのような場所に少女が立つと、愛らしくもよく響く声で声を掛けてくる。

「この地の領主フォガードが娘ショークリアです。ショコラとお呼びいただいてかまいません」

年齢よりも堂々とした様子に、サヴァーラは目を瞬く。

「領主の娘ちゃんだってさー」

「がんばってまちゅねー」

「ぎゃはははは！」

品性のなさすぎる野次に対して、少女の目が一瞬だけ細まる。

だが、それ以上の反応はせず、もともとの快活さを隠しきっていないながらも貴族らしい笑顔を浮かべたまま、応募者たちを見回している。

それは王都で暮らしている同世代の貴族の子息女とは比べものにならないほど、しっかりとした振る舞いだ。

【3】


今日という日のために練習していたのだとしても、あれだけ見栄える振る舞いをするには相応の苦労もあっただろう。

ましてや、あのように野次を飛ばす者など想定していなかっただろうに、振る舞いから冷静さを失していないのは見事である。

「我が領地の戦士募集に応募していただいたコト、そしてこのような辺境の地まで足を運んでくださったコトにまずはお礼を申し上げます」

思わず変な笑いが出そうになる。

ここに集まったのは、自分のような貴族出身の者だけではなく、平民もいるだろう。

彼らからしてみれば割の良い職業ゆえ、平民が多く集まることもある。

それに貴族といえども領衛兵の募集になんて応募する貴族は、落ちこぼれが多い。

――まぁ今回のように、時折どうしようもない者が貴族平民問わずに集まることもゼロではないが。

ともあれ。

だからこそ、一般的に領主の一族は募集者を見下す。

それどころか、そもそも領主一族が試験の場に顔を出すなんてことはまずないだろう。

――だというのに、ショークリアはどうだ。

応募してくれたことに感謝し、この地まで来たことを労っている。

（キーチン領の領主メイジャン殿とその一族。耳に届く噂は、一度忘れたうえで、判断したほうが

良さそうだ）

そして、彼女の振るまいこそが、年齢・性別不問という要項の信憑性を高めてくれているように
も思えた。

「募集内容が騎士ではなく戦士というのを不思議に思った人もいるコトでしょう。それについては
まず、こちらにいる領衛戦士団団長ザハルより説明をいたします」

紹介された男は気怠げに一礼して、こちらを見渡した。

「どうも領衛戦士団団長のザハル・トルテールです」

どことなくやる気のない仕草の男だが、注意深く観察すれば、その隙のなさがわかる。

喋っている途中に攻撃を仕掛けても、的確に反応されて躱されそうだ。いやそれどころか、反撃
で確実に命を取ってくるだろう。

「なんだぁ？　あんなのが団長なのか？」

「俺らでも団長になれそうじゃね？」

「貧乏開拓領地だもんな！　弱くてもなれんだろ！」

「ぎゃははははは！」

正直なところ、あのザハルという男の実力があろうがなかろうが、彼らの振る舞いは領衛兵募集
に応募してきた人間にあるまじき態度だ。

そしてザハルもまた、一瞬だけ目を細めるだけで、何事もなく言葉を続けた。

「うちらが騎士ではなく戦士を名乗ってるのは——まぁなんだ。前身が傭兵団なもんでね。領主の

【3】

フォガード様とは旧知の仲だからさ。奴《やっこ》さんがこの地を賜ったときにね、うちの傭兵団に領衛騎士になってくれって頼んだワケ。ただ騎士らしい振る舞いなんてのは、うちの団は自分を含む幹部くらいしかできないから、騎士っぽくなくて良いならってんで、戦士を名乗るコトにしたワケよ」

無精ひげを撫でながら、どこかのんびりした調子で語るザハル。

胡散臭い男に見えるのだが、その双眸は、応募者の様子を探るような鋭い光を湛えている。

（あの胡散臭い振る舞いは欺瞞《ぎまん》か……やはり、かなりデキる男のようだ）

サヴァーラは話を聞きながら、気を改める。

恐らく、この話を聞いている時間ですら、試験の意味があるのだろう。

例の集団を見るときだけは、かなり冷酷な目になるので、彼らは試験前から落ちるのが確定しているようだ。

「最初はね。ふつうに団員募集してたんだけど、どうにも上手くいかない。そんときにね、ショコラのお嬢を見てて思ったのよ。どんだけデキが良くても、女だと扱いがよろしくない。騎士なんてその筆頭でしょ？　いずれお嬢もそういう扱いされるのかと思うと、ちょいと腹が立ったワケ。貴族の中のちっぽけな栄誉や名誉のために、有能な女が無駄になる。こんな勿体ない話はねぇってさ」

さっきのショークリアの振る舞いを思えば、ザハルの言葉も納得がいく。

あの制服を着こなせているのは、彼女自身もあれを着て剣を振るうことがあるからなのだろう。

「ただの身内バカだろ？」

「ガキでましてや女が才能あるわけねぇもんなー」

彼らの態度に、募集を受けて集まってきている女性陣の腕利きたちの殺気が膨らむ。

複数の殺気に曝《さら》されているのに平然としているのは、鈍いのか大物なのか——

団長は彼女——領主の息女であるショークリアから剣の才能を感じ取っている。だが、どれだけ才能があろうと、世間はきっと彼女を認めない。

あの集団のように思われるのが、今の世の中の状況だ。

だが、ここの領主は剣の腕で騎士爵を得た者だ。だからこそ、娘の才能を無駄にしない方法を模索しているのではないかと、サヴァーラは推察する。

周囲を見回せば、団長の話にうなずいている女性も多い。彼女たちもきっと同じような理由で、元々の職場から逃げてきたのだろう。

「そんなときに、お嬢が言ったのさ。うちは騎士じゃなくて戦士なんだろ。だったら騎士としての前提や当たり前を気にする必要はないんじゃないか。気にしないように戦士を名乗ってるだろうって。なら、女性を採用するのは別に何の問題もないハズだってさ。有能な女性を余所が捨てるなら、うちが拾える範囲で拾ってやろうってね」

横にいるショークリアはどこか視線を泳がせている。

きっと、自分の発言を思い出して恥ずかしがっているのかもしれない。

だが、その発言はサヴァーラが——いや、この場にいる女性たちが必要としていたものだ。

「ま、裏を返せば男だろうと無能なら容赦なく捨てるって意味でもあるんだがね」

そう言ってザハルはチラリと例の集団を見遣《みや》ったが、彼らは特に反応しない。

本当に――ある意味で大物だ。

「長々と語っちまったがね。うちが領衛戦士を募集し、年齢や性別を不問としたのはそういう理由なワケよ。男だろうと女だろうと、老いも若きも、可能な限り公平に判断するよ。若い奴の場合、多少は将来性を買っちまうコトがあるかもしれないけどね。給金も可能な限りは仕事内容に応じて上下させる予定だ。仕事ができるやつにはちゃんと支払いたいってのが、うちの領主様やその一族の考えなワケよ。ま、見ての通りの貧乏領地だから、あんまり高い金を期待されても困るけれども。とはいえ、領地が潤ってきたなら給金上乗せもありえるからね。そのときには俺も昇給を願うために旦那様に直談判するから安心してくれ」

冗談めかした言葉を最後に付けて、団長は茶目っ気たっぷりに片目を軽く瞑って見せた。

充分だ。充分すぎる。

サヴァーラは人知れず心を躍らせていた。

今回の試験で合格できるかどうかではなく、そういう見方をして人員を募る領地があるということに。

合格できなくても、この地で何でも屋《ショルディナー》稼業をするのも悪くないだろうと思いさえする。

「試験官は何人かいるが、その中にはショコラ嬢ちゃんもいる。こんな子供に判断されるのは嫌だっていうやつがいるなら帰ってくれて結構だ。ぶっちゃけ、戦士希望でうちのお嬢より弱ぇやつは必要ないからな。ここらの魔獣は王都周辺と比べものにならんほど強いのよ？　秋になると、秋魔なんて化け物とやりあう必要もあるわけだし。犯罪は少ないから、領衛戦士が身体を張るってコトの意味は、つまるところ魔獣との戦闘だからね。今のところは、だけど」

つまり、その王都近郊と比べものにならないほど強い魔物と、ショークリアは戦えるということなのだろう。

子供だから女だからとショークリアを見下すやつは必要ないという宣言のようだ。

「そんじゃ、そろそろ試験を始めようか」


ショークリアとザハルによる話が終わったあとは、男女別で班分けをされた。

女性班はショークリアが試験会場に案内するそうだ。女性であるサヴァーラは当然、ショークリアの案内についていく。

正直なところ、あのアホ集団と別々というだけでかなりありがたい。

(これは……町の外に出るのか？)

王都ほどしっかりしたものでなくとも、魔獣除けの壁が町を囲んでいる。

その囲いの外に出るということは、魔獣に警戒する必要が出てくるわけだ。

「あ、あの……私は戦士以外の仕事を求めてきたのですが……」

黒髪の大人しそうな女性が、おずおずとショークリアに話しかける。するとショークリアはとても良い笑顔で答えた。

「ご応募ありがとうございます。ところで、募集要項はちゃんとご覧になりましたか？」

「え……？」

困惑する黒髪の女性。その近くで、サヴァーラは訝しげに眉を顰《ひそ》める。ややして、サヴァーラはハッと顔を上げた。

「まずは戦士を募集。応募者に別の能力が発覚したなら、仕事を斡旋する……ショコラ嬢、そういうコトなのだな？」

「はい。そちらのお姉さんの言う通りです。なので、とりあえず応募者の皆さんには戦士希望者としての試験を受けてもらいます」

恐らく黒髪の女性は、募集の文面から細糸にも縋る思いで、キーチン領にやってきたのだろう。顔色を悪くはしているが、自分の見落としのせいだと納得したのか、「わかりました」と理解を示して下がった。

黒髪の女性が素直に下がった様子に、ショークリアの視線が動いたのが見える。

（見た目で侮れないな、彼女は。今のやりとりで、自分が見える範囲の参加者の様子を窺ったのか）

応募の文面の裏を返せば、戦士以外の適性を見せつければ、仕事をもらえる可能性があるのだ。

文官職を志望するのであっても、この戦士の試験そのものは結果はどうあれ真面目に受けておいて損はない。

あの黒髪の女性は、そこまで理解してうなずいたようだ。そしてショークリアはあの女性の心情をちゃんと読みとっているように見える。

逆に納得できずに不満そうな顔をしている者は見込みがないと判断されている可能性がある。

（試験はすでに始まっている、か……）

募集要項に、礼儀ある者という文面があった。それを思うと、将来的なショークリアの護衛戦士の募集も兼ねているのかもしれない。

（考えれば考えるほど、何重にもいろんな要素を絡めているようだな）

サヴァーラの中で、キーチン領の評価がどんどんと上がっていく。

実際のところ——ショークリアとザハルを中心に考えられたこの試験は、ほぼほぼ行き当たりばったりなのだが、言わぬが花というものである。

お世辞にも整備されているとは言い難い道を歩いていくと、どんどんと周囲の様子が荒れていく。

どうやら領都から離れれば離れるほど荒涼としていくようだ。生活するにも開拓するにも、かなり厳しい土地だというのが実感できる。

しばらくするとショークリアが足を止めた。どうやら目的地に着いたようだ。

（……本当に荒涼とした場所だな……。乾いた土、ひび割れた大地——それを彩っているのが申し訳程度の褐色の草と木。岩のほうが多いくらいだな、これは……）

周囲を見渡して、サヴァーラは思考を巡らせる。

元々は騎士だった彼女としては、ここで戦闘が起きたらどうするべきか……などを考える。それはもはやクセのようなものだった。

もっとも、そういったことがまったく評価されなかったので、騎士をやめて傭兵まがいの何でも屋のようなことをしていたのだが。

【3】


「さて、試験の前に紹介しますね。わたしの上の兄弟――クリムニーア・ガノン・メイジャンです」

「クリムとお呼びください。よろしくお願いしますね」

大きな岩の陰から出てきた少女は、ショークリアに紹介されて頭を下げる。

同世代の少女と比べると、身長は高いほうか。スカートを摘みながらの礼は、貴族出身のサヴァーラから見ても満点をあげていいだろう。

ショークリアとは正反対の楚々とした雰囲気の少女だ。だが同時に聡明そうな少女でもある。

恐らくこの場にいる文官職を目当てとした者の選考をしに来たのかもしれない。

足首丈のスカートの下から、ショークリアが穿いているものと同じズボンとブーツが見えるのは、こういう場所を歩く場合を想定してだろうか。

さらに言えばクリムニーアは剣を帯びている。護身用程度だとは思うが――そこまで考えてサヴァーラは首を横に振った。

挨拶を終えて一歩下がったクリムニーアは、視線だけで周囲を見渡している。あの使い分け線の動かし方は、狩りなどで実践を経験した者の動きだ。

（クリム嬢も見た目で判断してはダメだな。あの剣は護身用なんかじゃない。子供だてらにデキるほうだぞ）

同世代よりも頭一つ以上は飛び抜けているのではないだろうか。

（さすがは英雄フォガードのご息女たち……か。だからこその、この採用条件なのかもしれないな）

才能のある娘たちが将来活躍できる下地を作るためという意図があるのだろう。この領地から、やがては王国全土にこの下地を広めていきたいという思惑もあるのかもしれない。

余談だが、ザハルもショークリアもそこまで壮大なことは考えてはいない。

ザハルは人手不足の解消が第一だし、ショークリアは言い出しっぺの法則だから仕方ないと思っているだけだし、ガノンナッシュは父たちの仕事の手伝いをがんばりたいと思っているだけである。

……もちろん、それも言わぬが花というものであるが。

「では、試験内容を説明します」

全員の注目を集めるように数度手を叩いてから、ショークリアが試験内容の説明を開始する。

「この近隣に生息するバルーン種を狩って戻ってきてください。その際に、何でも屋ギルドの討伐証明基準を満たすものを取ってくるように。一人につき五匹程度倒してほしいところですが――倒しすぎないようにお願いします。これは当領地における領衛戦士として、同時に他の領地内業務に適性があるかどうかを見る試験です。それをお忘れにならないように、がんばってください」

あまりにもシンプルな試験内容にサヴァーラは訝しんだ。

バルーンなど、駆け出しの騎士でも倒せる相手だ。五匹程度なら、この場にいる戦士希望者なら問題なく狩ってこられる。

（いや待てよ。ショコラ嬢は、『バルーン』ではなく『バルーン種』と言っていたな。つまり、上位系の亜種がいるのか？）

だとすれば、油断は危険だ。それに狩りすぎてはいけないというのはどういうことだろうか。

（ターゲットのバルーン種が大量に狩られた場合、どうなる……？）

単純に考えるなら、バルーン種の数が減るというだけの話だ。だが、わざわざそれを口にしたということには何か意味があるのだろう。

バルーンが減って困る理由はなんなのだろうか。サヴァーラは少し考える。

正直、バルーンを主な食料としている魔獣が困るくらいではないだろうか。そんなもの困らせておけば良いという気もするが……。

（いや、待てよ。その魔獣がバルーンの次に食料とする相手はなんだ？　……もしかしなくても人間なのではないか？　だとしたら、バルーンを狩りすぎるというコトは、領都の住民を脅かすというコトになるのではないだろうか？）

そこに閃いた途端、サヴァーラの全身に、雷撃の魔術を浴びたような衝撃が走った。

（五匹という具体的な数字を出せば、功を焦った者たちが後先考えずに狩ってくる可能性がある。多く狩れば評価されるかもしれないと考える者もいるだろうな……）

確かに単純な腕前だけならそれで示せるだろう。

だが、この場は領衛戦士の募集だ。領地を守る者を求められている。

つまり、ショークリアから出された試験を軽く考え、言われるがままにバルーンを狩ってくるだけではダメなのだ。

（……ッ！）

もう一つの考えが、サヴァーラの脳裏に過る。

（そうだッ、ショコラ嬢とクリム嬢がここにいるッ！　彼女たちは領主の娘だ。領衛戦士を名乗る者が、彼女たちを放置して良いワケがないッ！）

ショークリアが考えたわけではないだろうが、この試験を考えた者は、相当のキレ者なのではないだろうか。

そして男性陣も別の場所で似たような試験をやっているのであれば、あの阿呆の集団は合格できる可能性など微塵もないだろう。

(なんて——考えられた試験だ……ッ!)

感銘すら受けているサヴァーラであるが、ザハルは別にそこまで考えてはいなかった。

とりあえず、女性だけなら無茶するバカも少ないだろうから兄妹に任せとけば大丈夫だろう——程度の考えなのだ。

サヴァーラに限らず、参加者の中にはショークリアと——その後ろにいるだろう試験を考えた者への羨望や尊敬の眼差しを向けている者が多くいる。実際は、ショークリアの背後になんて誰もいないのだが……それもまた言わぬが花というものだろう。

「それでは、試験を開始します。わたしが鈴を鳴らしたら、必ず戻ってきてくださいね」

そう告げて、ショークリアは両手を掲げる。

「よーい……スタート!!」

スタート——という言葉の意味は不明だが、彼女は勢いよく手を叩く。それが開始の合図というのは理解できた。

だが、サヴァーラは敢えてこの場を動かない。

他にも動かない者が数人いる。

動かない者のうち半数以上は青ざめていることから、彼女たちも黒髪の女性と同じように戦士以外の適性を見てほしくてやってきた者なのだろう。

青ざめながらも、彼女たちがショークリアやクリムニーアの様子を窺っているのは、試験の意図を読みとろうとしているからかもしれない。

それを見回しながら、ショークリアはサヴァーラに声を掛けてくる。

「あら？　お姉さんたちは行かないのですか？」

「守る手が必要だろう。ここには戦えない者もいるのだ」

そう口にすると、この場に残った者のうち戦いの心得がありそうな者たちは、同意するようにうなずく。立ち振る舞いからして、貴族出身や平民でも富豪層出身のような者が多いのではないだろうか。

文官希望者たちを見て、サヴァーラにはもう一つの気づきがあった。

戦士希望者たちが全員この場から離れてしまえば、ショークリアとクリムニーア以外に戦闘を行える者がいなくなる。

それは非戦闘員の領民を無視するようなものだ。領衛戦士ともなれば、非戦闘員の護衛などをすることもあるだろう。

（それに、領衛戦士を志望する者が、領主家のお嬢様たちを放置してどうする。目先の功を焦って、自分が就こうと思っている仕事を忘れてはいけないだろう）

サヴァーラはわざわざ口にはしなかったが、胸中で付け加えた。

口にした返答に対して、ショークリアとクリムニーアが微かな笑みを浮かべる。

貴族らしく表情を取り繕うのが上手いようだが、やはりそこは子供なのだろう。

だがその笑みで充分だ。

（ふっ、どうやら手応えはあったようだなッ！）

自分の判断は間違っていない。そう確信したサヴァーラは胸中で、拳を握りしめた。

……この試験、言わぬが花がいっぱい咲き乱れ、花畑の様相を呈しているのだが、それこそ言わぬが花というものなのである。


【3】


（オレと兄貴なら大丈夫だ、任せた――とか女性陣の審査を丸投げされちまったけどッ、どうすりゃいいんだよッ！　てきとーにも程があんだろッ、あのおっさんッ!!!!）

胸中で毒づきながらも、事前に言われていたシャインバルーンを五匹狩らせろという話は、応募者たちに対して口にしなければなるまいと、気を改める。

「この近隣に生息するバルーン種を狩って戻ってきてください。その際に、何でも屋ギルドの討伐証明基準を満たすものを取ってくるように。一人につき五匹程度倒してほしいところですが――倒しすぎないようにお願いします。これは当領地における領衛戦士として、同時に他の領地内業務に適性があるかどうかを見る試験です。それをお忘れにならないように、がんばってください」

そう宣言して、試験をスタートさせたものの、ショークリアは胸中でいろいろと焦っていた。

（そういや、ザハルのおっちゃんから合格基準とか何も聞いてねぇじゃねーか……ッ！）

とりあえず、思わず前世の雑魚どもを思い出すような振る舞いをしていた連中のようなのはアウトだろう。それ以外をどう判断すれば良いかをショークリアは考える。

シャインバルーンを倒せない人は戦士として採用するのは微妙だろうが……。

（いや、でもな……。修行すりゃ伸びる奴もいるだろうし、別に魔獣退治だけが領衛戦士団の仕事じゃねぇよな……）

考えてみれば、開拓者たちの護衛や、領内の治安維持のような仕事もあるのだ。

（交番みたいなモンが町の中にあったほうがいいだろうし……。シャインバルーンに勝てなくても、多少戦闘の心得とかあるやつはそういうとこに採用すんのもありなんじゃねぇかな？）

交番自体はこの場での思いつきだが、あとでザハルや父に提案するのも悪くはないだろう。

（青ざめてる連中は、戦闘はからっきし……それどころか実戦の空気も初めてなんだろうな……。まぁ怖ぇのはわかる。震えちまってて申し訳ねぇけど……）

いざとなったら自分が守れば良いだろう。そう思ったとき、戦えそうな女性も多少残っていることに気がついた。

とりあえず、道中で黒髪の女性の質問に困ってるときに助け船を出してくれた、赤いメッシュ髪の女性に視線を向けつつ、声を掛けることにする。

「あら？　お姉さんたちは行かないのですか？」

「守る手が必要だろう。ここには戦えない者もいるのだ」

その答えにショークリアは目を軽く瞬いた。

（めっちゃ良い人じゃねーかッ！）

試験よりもここに残った戦えない人たちを守ることを優先するべく待機してくれるようだ。その判断を下してくれたことに感謝しながら、胸中で拍手を送った。

戦闘ができそうな人たちが残っているのはきっと同じ理由だろう。

「あの……ショコラ様」

「はい？」

ショークリアが胸中で拍手を送っていると、道中で質問をしてきた黒髪の女性が話しかけてくる。

「バルーン種とわざわざ言ったのは、ここに生息している魔獣は、ただのバルーンじゃないから、ですよね？」

「ええ」

以前、シャインバルーンはバルーン種だからと侮る馬鹿は痛い目を見る代表格だと聞いていたので、ちょっとした意地悪でそういう言い回しにしたのは事実だ。

何人かは驚いた顔をしたが、すぐに納得した顔になる。

（みんな頭良いんだろうなー……）

そんなことを考えているショークリアに、黒髪の女性は続けて質問をしてきた。

「五匹狩ってこいと言いつつ、狩り過ぎるなと言ったのにも理由はあるんですか？」

「えーっと、まぁ」

曖昧にうなずきながら、ショークリアは胸の裡《うち》で苦笑する。

（狩りすぎて数が減るとオレの腕試しの相手が減っちまうから――とは、言いづれぇな……）

そんなショークリアの胸中とは裏腹に、黒髪の女性は――やはりというような顔をして、言葉を続けた。

「バルーン種を餌にしている他の魔獣が餓えないように、ですよね？」

その発想がなかったショークリアは思わず逡巡する。

（そういや前世でそんな話あったな……。家畜を襲うからという理由で狼を狩ってたら、鹿が増えて、その結果、森が荒れたとかなんとか）

確かにシャインバルーンが減りすぎるとそういう部分があるかもしれない。

「お姉さん、よくそこまで気づきましたね」

ショークリアは驚いた様子をできるだけ抑えて、優雅に微笑む。

自分が気づかなかったことに気づいたこの人はとても頭の良い人なのだろう。

人手が足りてない領地だ。父に文官候補として紹介するのも悪くなさそうである。

とはいえ――

（今のオレは試験官だ。一人の参加者だけをめちゃ褒めしたら贔屓になっちまうもんな。あとハデにリアクションして、何も考えてねぇとバレたらマズい）

どちらかというと、後者がよろしくないので貴族令嬢の振る舞いとしてたたき込まれた『内心はともかく外面は常に優雅に余裕をもって振る舞う』を実戦する。

なんだか自分も試験されているような気分になるが、必死に取り繕っていくしかない。

ショークリアと黒髪の女性のやりとりに聞き耳を立てていた者たちの中で、安堵した表情を浮かべている者たちも何人かいたのだが、ショークリアは気づかなかった。

「ショコラ」

そんな折り、少し引いた場所で様子を窺っていたクリムニーアもといガノンナッシュが声を掛けてくる。いつもよりも少しだけ高く出す声は、確かに女の子のようで、ショークリアは内心で、思わず笑ってしまう。

「どうなさいました？」

「この格好では動きづらいですからね」

スカートを軽く摘みながらそう告げるガノンナッシュが視線を向けた先には、必死になってシャインバルーンから逃げてくる受験者がいた。

「了解です」

ショークリアが剣の柄に触れて一歩踏み出したとき、それを制する者がいた。

「試験官であり、領主一族のご令嬢である貴女に剣を抜かせるような場面ではないでしょう？」

そう口にしたのは、赤いメッシュ髪の女性だ。

単純にショークリアは自分が暴れたいだけであったのだが、そう言われてしまうと手が出しづらいので、素直に頭を下げた。

「では、よろしくお願いします」

赤いメッシュ髪の女性はそれにうなずき返し、待機しているメンバーを軽く見回す。

「すまんが、誰でも良いので一人補佐をして欲しい。シャインバルーンを相手にするのは初めてでな。仕損じる可能性を考慮したい」

「それならアタシが付き合います」

「よろしく頼む」

「ええ」

赤いメッシュ髪の女性は、立候補した女性を伴い、こちらへと駆けてくる女性のもとへと向かう。

結果、赤いメッシュ髪の女性は仕損じることなくシャインバルーンを倒し、逃げる女性の救出に成功する。

（やるな、あの姉ちゃん。手助けに名乗りをあげた人も結構な腕前そうだ）

手合わせしたい——などと考えながらも、ショークリアはそれを表に出さないように表情を繕った。


そうこうしている間に、戦えない受験者たちも落ち着いてきたのか、ショークリアやガノンナッシュにいろいろと質問を投げかけるようになる。

【3】

二人が必死に取り繕いながらもそれに応じていると、質問してくる人たちとは別に待機組も集まって相談を始めていた。

どうやら、二人一組を作り、順番に一組ずつシャインバルーンを狩ってくることになったようである。ただ、この場でのショークリアと戦えない受験者たちのやりとりを見ていたからか、一組につき二匹までという制限を自らに課しているようだ。

(すげーなー……。わずかな情報から判断し、そこからいろいろ考えて動けるって、大人って感じするよな)

なんかもういっそ全員合格でいいのではないだろうか――質問攻めを捌きつつ横目で見ていたショークリアの脳裏にそんなものが過る。

だが、この逃げてきた女性はどうだろうか――と気が付いた。

「落ち着きましたか?」

ショークリアが声を掛けると、逃げてきた女性が大きくうなずく。

「すみません……戦いは苦手なんですが、バルーンくらいなら――って思ったら、知ってるバルーンと全然違って……」

申し訳なさそうにする女性をショークリアは観察する。

確かに戦闘は苦手そうな雰囲気だ。

「お姉さんも、戦士になりたいんですか?」

「えっと……狩ってくるのが試験だっていうから……その……もうわたしはダメですよね……」

どうやら、試験内容を素直に受け止めた人のようだ。

だが、逃げ帰ってきてしまったせいで、不合格なのだと思いこんでいるようだが。

「狩れる強さがあるからといって、必ず合格するというワケではないのですよ。その逆もまたあり得ます」

例の集団を思い出して、ショークリアは思わずそんな言葉を漏らす。

「え……？」

キョトンとした様子の彼女を見て、ショークリアは好奇心から、質問をしてみた。

「どんな仕事を求めてこの募集に？」

「えっと、特にないというかなんというか……戦士になれれば御の字というか……手に職が欲しいというか……」

「え？」

彼女の答えが予想外で、ショークリアは思わず変な声を出してしまう。

「わたし……孤児で……出身の孤児院は潰れちゃって帰れる場所がなくて……。でも、料理が好きで……だから料理をしたくて、地元の酒場で働いてたけど……給仕ばかりだったし……その料理よりも……夢を重ねるようなコトを……その……」

そこまで言って、彼女は慌てて顔を上げた。

「も、申し訳ありません……。ご令嬢に言うような話ではなかったですね……」

「そうなのですか？」

急に様子が変わった彼女に、ショークリアは首を傾げる。

(夢を重ねる……？　なんだそりゃ？)

ちらりとガノンナッシュのほうへと視線を向けるが、彼も言葉の意味がわからなかったようだ。

「えっと……ようするに、女性は料理人より給仕をしてろ……って意味です。ましてや……孤児だから……余計に……」

「なるほど」

俯く彼女に相づちを打って、ショークリアは思案する。

夢を重ねるという言葉の意味はわからなかったが、ともあれ料理をしたいのに職場が料理をさせてくれなかったということは理解した。

それに、帰る場所がないという人物を放り出すわけにもいかない。

周囲を見回すと、どうにも彼女に同情的な視線が向けられているように思える。

あるいは、同意するような眼差しだ。

(そうだよなぁ……あんな募集で集まってくるような女性たちだもんな。単純に考えてたけど、結構切実なモン背負ってるやつ、多いんじゃねぇか……これ)

ショークリアはそう考えると、天を仰ぐ。

(どうせなら、全員採用してぇな……。何とかオヤジとお袋、ザハルのおっちゃんを説得できりゃ良いんだが……)

それは自分の我が儘であり、一種の偽善であるという自覚はある。

だけど……それでも——

（見た目が厳《いか》ちぃから、目つきが悪ぃから、他人よりガタイが良いから……意味もなく喧嘩ふっかけられてやり返してきた結果が、前世のオレだ……。周囲に流されて、周囲の環境のせいで、やりたいコトを我慢するってのは、あんまり良くねぇってのはわかってるつもりだ……）

——自分がしたいと感じたことのために、まずは動いてみようと、ショークリアは思うのだ。

（そういや前世のお袋も、女だからって職場でナメられてるとか、時代錯誤のクソ上司からセクハラされてムカつくとか愚痴ってたっけか）

恐らくは前世の母が置かれていた状況よりも、この世界は酷い状態なのではないだろうか。

前世の享年も、今世の年齢も、ガキだと言われて仕方ない年齢だ。

今、脳裏を駆けめぐる我が儘も、ガキの戯言と言われればそれまでだ。

だけど——と、ショークリアは思う。

ダメで元々、まずは相談してみよう、と。

そんな風に考えていると、ガノンナッシュが小さく声を掛けてくる。

「ショコラ、考え事の途中に申し訳ないのだけれど」

「なぁに？」

「そろそろ、鈴を鳴らしたほうがいいのではなくて？」

「…………………あッ！」

ガノンナッシュの言葉に、ショークリアは終了の鈴を鳴らすのをすっかり忘れていたことを思い出すのだった。


戦士募集試験の日の夜。

気合いを入れたショークリアは、ミローナを伴って父の部屋の前にやってきた。

そこでミローナを一瞥すると、彼女は一つうなずき、部屋のドアをノックする。

「誰だ？」

「ショークリアです」

「入っていいぞ」

「失礼いたします」

これから向かい合うのは父ではなく領主だと思え――自分にそう言い聞かせる。

どんなに拙くとも貴族の淑女の一人として向かい合おうと、ショークリアは背筋を伸ばす。

領地で雇う人材の話をする以上は、子供の我が儘として口にするのではなく、領地を治める一族の一人の意見にするべきだろう。そんな風に勝手に思ったのだ。

父――フォガード・アルダ・メイジャン。

一流の騎士であり、この領地で一番偉い人物。

そう考えると、とんでもない人物が今世の父親だと苦笑する。

いつの間にやら蒸発して行方の知れなくなった前世の父とは大違いだ。

ミローナの開けたドアを、緊張のまま潜って中へと入る。ミローナもまたそんなショークリアの斜め後ろに付き従い、部屋へと足を踏み入れ、ドアを閉じる。

そして父に手招きされるまま彼の前へと移動すると、静かな口調で聞かれた。

「用は何かな、ショコラ？」

「はい。女性戦士採用試験の報告です」

「聞こう」

父の鋭い眼光がショークリアを射抜く。

それを受けてしまうと、どこまでも緊張が高まっていくが、物怖じしている場合ではない。自分が意志を押し通すためには、ビビっていては始まらない。

――と、ショークリアは感じたのだが、実際のところフォガードは軽く視線を向けただけである。

（そうだ！　こっちからもメンチを切れッ！　ケンカだケンカッ！　我を通すためにッ、同じくれぇのメンチぶつけてやんぜッ!!　隣町にいた、下っ端のヤーさんと連《つる》んでクソみてぇなコトやらかしてた阿呆と睨みあったときを思い出せ……ッ!!）

自分に向けられる鋭い眼光――とショークリアは感じているだけなのだが――に対して、ショークリアも目を細めながらもまっすぐ見つめ返す。

それを受けた父の内心はこうである。

（な、なんと鋭い眼光……ッ！　彩技《アーツ》まで乗せて威圧の域だぞ……ッ!!　試験の報告ではなかったのかッ!?　まるで、何か――捨てられぬ何かを背負い戦場に立つ不退転を決意した兵のようではな

【3】


いかッ⁉　一体、採用試験で何があったというのか――……ッッ‼　このままではショコラの雰囲気に飲まれる――俺もッ、あの眼光に対し威圧の眼光で受けて立たねば……ッ‼）

父もまたショークリアに気づかれぬように、ゴクリと唾を飲む。

（ショコラも旦那様も……なぜこれほどの威圧のぶつけ合いをッ⁉　戦士団採用試験で、二人に何があったの……ッ⁉）

ショークリアの側で控えるミローナが戦慄を覚えるほど、親子の間の緊張感が高まり続ける。

わずかな時間の出来事ではあるが、周囲にいて父の仕事を手伝っていた文官や侍従たちが背筋を凍らせ顔をひきつらせるに至っているのだが、当の親子は気づいていない。

ショークリアはプレゼンなんてしたことがない。生まれて死んでさらに生まれてこの方、一度もだ。試食会はプレゼンじゃなかったのかと言われると少しだけ悩んでしまうので、脇に置く。

とにもかくにも、はじめてのプレゼンだ。

（だけどまぁ――男は度胸だッ！　ハッタリだッ！　今は女だけどッ！）

ショークリアは覚悟を決めて告げる。

「まず女性戦士ですが――全員採用で良いかと思います」

「全員……だとぉッ⁉」

「はい。戦士を希望している者は全員シャインバルーンには勝てるようです。また、その中でも戦闘力が突出している者、指揮官に向いている者などはこちらにまとめましたので、ご覧ください」

そうしてショークリアはミローナの名前を呼ぶ。

ミローナはうなずき、ショークリアがあらかじめまとめてきた紙束の一つを取り出した。

そのときになって、ようやくショークリアが放っていた威圧は落ち着き、それに合わせてフォガードも威圧を収めた。

「お受け取りします。ミローナ」

するとと、父の仕事を手伝っていたソルティスが近寄ってくるので、ミローナは彼に手渡した。

「お願いします。ソルトさん」

手持ちぶさたになったショークリアが周囲を見回すと、なぜか室内の多くの者たちの顔色が悪い。

「ソルト、文官や従者の中に風邪でも流行っているのですか？」

「皆さん、旦那様とお嬢様の威圧のぶつけ合いの余波で参っているのですよ」

「……えーっと、それは申し訳ないコトをしましたわ……」

返ってきた答えが予想外だったので、思わず顔がひきつった。

無関係な人たちを怖がらせてしまったのは本意ではない。

（魔法みてぇな力がある世界だからな……メンチの切り合いってだけで、周囲にも影響与えちまうコトがあんのか。気を付けねぇと）

そう反省したときに、ショークリアはふと思う。

「ソルトは平気なのですか？」

「ソルトさんは戦場では将も兵もできる優秀な方ですから」

ショークリアの疑問に、ミローナが自慢げにそう告げる。

すると、父もまた自慢げにうなずいていた。

「すごいのですねッ！　お父様のお手伝いや従者としての仕事だけじゃなくて、戦うコトもできるなんてッ！」

掛値なしの賞賛をすると、ソルティスは朗らかに笑った。

「はっはっは。ですがそれでも器用貧乏でしかありませんよ。どの分野も専門的にやっている者にかないはしませんので」

逆に言えば、専門家相手でなければそれなりに活躍できるという意味ではないだろうか。

（すごいじーさんなんだな……ってか、英雄騎士と称されるオヤジに、宮廷料理人候補だったシュガールに、上級器用貧乏のソルト……うちの領地って意外とハイスペックな人材多いのか……？）

そこに、女性戦士まで採用したら、人材の宝庫になるのではないだろうか。領地のことを考えるなら、それは良いことなのだろう。

「旦那様、こちらを」

「ああ」

ショークリアがあれこれ考えているうちに、ソルティスが父へと紙束を渡す。

それを見ながら父は驚愕したように目を見開いた。

「ショコラ……お前、これを一人でまとめたのか？」

「はい。えっと、多少はお兄様とザハル、モーランに手伝いはしてもらいましたが、大体は」

「そうだとしてもこれは……」

渡した紙束に記してあるのは、サヴァーラを筆頭とした戦士候補の女性たちの情報だ。

戦闘力。採用試験中の態度。行動。言動。それらを踏まえたうえでの有用性。

そしてそこから発展した、交番のアイデア。

この世界で交番に相当する言葉がわからなかったので、前世で言うところのローマ字読みのような表記でコーバンとした。

コーバンの制度を使うことで、シャインバルーンをようやっと倒せるような、やや戦闘力の低い――他の領地からすれば充分なのだが――者にも仕事を斡旋できるなどが書かれている。

前世の頃から堅苦しい文章を書くのは得意ではないため、書き方や言葉選びに拙さが多くあるものの、それはショークリアの年齢もあって、無視された。

「……ソルト。お前も見てくれ」

「はい」

父は眉間をもみながら、紙束をソルティスに手渡す。

すると、ソルティスもまた父と同じような顔をした。

「コーバン……言葉の意味はよくわからぬが、やりたいコトはわかった。そして、コーバンの有用性もな。確かにシャインバルーンに勝てずとも平民より戦闘力があれば、町の中の犯罪抑止力としては悪くない……」

「一つしかない拠点から見回りの兵を出すよりも効率的でもありますな」

「それに各コーバン単位で長《おさ》を作って、長から拠点への定時報告をさせるコトで、有事の際の定時報告にも応用できるかもしれん」

「それでしたら定期的に長を替え、可能な限り領衛戦士の多くに長を経験させると、事務や政治に関する部分への理解にもつながるかもしれませんよ」

「加えて女性戦士を必ず一人はコーバンに勤務させるコトで、女性であっても戦士になれるコト、女性であってもやりたい仕事をしても良いのだと思わせるキッカケとなるだろう。それを受けて領内のやる気になった女性が、様々な分野で活動できるようになれば、領内での人材不足解消につながるかも知れない……か」

何やら書いていない範囲にまで思考が及んでいるようだが、感触は悪くなさそうだ。

「ですが、旦那様。女性ゆえの問題が存在します」

「問題だと？」

「はい。出産です」

「確かにな……」

この世界、出産しない女性の肩身は狭い。身分関係なく女性とは子を生《な》すものと考えられているからだ。

女性が要職に就けない理由も、出産で業務に穴が空いたら困るからだと言われている。

（まぁ——そこは、そうなるよな。前世でもそういう考えはあったしよ。前世のお袋はそのせいで悩んでたし、酒かっくらいながら愚痴ってたコトもあった……。ブラック企業問題とかも、詳しくはわかんねぇけど、テレビやネットで見かけてたからな……。だからこそ——多少なりともアイデアはあるぜ……！）

　前世の母の愚痴を聞かされていたからこそ、ちゃんとアイデアを用意してある。

「お父様、ソルト。男性であっても、怪我や病気で仕事に穴は空きますでしょう？　一人が抜けた程度で回らない職場などというものは、大した職場ではない証明ではないでしょうか？」

「お前……」

「お嬢様……」

「ショコラ……」

　凛とした態度でショークリアが口にした言葉に、父とソルティスとミローナは胸中で悲鳴を上げた。

（なんて辛辣なコトを……ッ!!）

　そんな三人の胸中など気づかないショークリアは、言葉を続ける。

「それに比べたら女性の出産は、事前にわかるだけ良いではありませんか。加えて、女性は出産するべきという前提があるのでしたら、女性は出産するものとして、仕事の決まりを作っておけば良いのではないですか？　むしろ、積極的に支援をして、その子供が成長したときにうちの領地で働きたいと思ってくれるような領地づくりをしていくというのも、良いかと思うのですが」

　前世の産休や育休などの話を思い出しながら、ショークリアは語る。

　もっとも、制度として正しくは理解していないので、かなり雑ではあるのだが。

（出産すると職場から許可もらって長いコト休みもらえるうえに、給料の一部ももらえるとかそんな話だったよな……)

この場においてはむしろそんな雑な理解だったからこそ、父とソルティスの心を動かしたのかもしれない。

あまりにも詳細な内容を案として提出すると、逆に妙な疑いが生まれて、納得してもらえなかった可能性もあるだろう。

「身ごもった女性に、身ごもったコトを報告してもらえた場合、休暇を許可すれば良いのではないでしょうか?　そのうえで、その出産を支援するために、毎月の給金の半分ほどを休暇中にも出すとか、子供の手が掛からなくなったりしたら職場にすぐに戻れるような条件づくりをしておくというのも大事ではないかと。同時に子育てを支援するのでしたら、男性も奥さんの出産の前後を助けるための長い休暇とかを認めてあげて、復帰しやすい環境を作るとか」

「お前、どうしてそのような考えが出る?」

「えーっと……ザハルから女性騎士について聞いたのです。それがどうしても納得できなくて……どうすれば良いかなって自分で考えた結果なのですけれど……」

父からの問いにしどろもどろに答えれば、彼は唸って黙り込んだ。

ややして、黙り込んだ父へソルティスが声を掛ける。

「旦那様、お嬢様の案を叩き台に領法を整えてみましょう。通常の人材募集をしても集まらない。ならば女性も集めてみる——その発想が今回の大量の人材発掘につながっています。これを今後も続けるのであれば、お嬢様の言う女性の働きやすい環境を作るのは重要になるかもしれません」

「ふむ……これを実際に行うのであれば、お前たち従者たちにも適用してやらねばならぬか……」

そう口にしてから、部屋の中を見回し、一人の文官と一人の従者に声を掛ける。どちらも成人した女性だ。

「君たち、今のショコラの案をどう思うか。率直な意見を聞きたい」

その様子を見ながら、ショークリアは胸中で口をひきつらせる。

（ただの思いつきが……またデカいコトになってるような……？　……しかし、個人的な本番はこの後なんだよなぁ……）

戦士以外の人材を売り込むために、度胸と勢いの女ショークリアは、改めて気合いを入れた。


女性二人の話を聞いたあとで、父とソルティスは何やら話をはじめた。

二人の会話に割り込むのも申し訳ないのだが、ショークリアとしてはまだ話は終わっていないので、勇気を持って割り込んでいく。

「お父様、ソルト」

「む？　すまん、お前の案が面白くてな。ついつい盛り上がってしまっていた。まだ何かあるのかね？」

「はい。むしろ、ここまでが前哨戦といいますか……個人的には、ここから先が本命という感じです……」

「…………」

　ショークリアの言葉に、父とソルティスの顔が盛大にひきつる。

　だが、自分の言いたいことをちゃんと言葉にしようと必死に考えながら喋っているショークリアはそれに気づかない。

「戦士適性のなかった皆さんも全員、うちの領地で雇ってあげたいのです」

「同情からそう口にしたのであれば却下だ」

　父の即座に斬り捨てるような言葉に、ショークリアは首を横に振った。

「同情はないとはいいません。ですが、人手不足は戦士だけではありませんでしょう？」

「否定はしないな。だが雇い入れるにも資金は必要だ」

「雇い入れるコトで逆に抑えられる出費もあるかと思います」

「……どういう意味だ？」

　父の目がすぅーっと細まった。

　心臓が射抜かれるような気分になるが、ショークリアは胸中で自分に喝を入れて、改めて背筋を伸ばす。

「……例えば、締め切りを破ると五〇〇の損害が出る仕事があったとします」

　その例えに、父とソルティスがうなずいて先を促してくる。

　それを確認してから、ショークリアは話を続けた。

「人手が足りず、結局間に合わなかった場合、五〇〇の損害が発生します。人材を雇い入れ、雇ってから締め切りまでの期間の人件費が二五〇だとします。こうして人を雇ったコトで無事に締め切りに間に合えば、出費は二五〇で済みます」

「雇わずに締め切りに間に合わせれば出費はゼロだぞ？」

「そうかもしれません。ですが、実際のお仕事は違いますよね？　その締め切りだけに力を入れるワケにはいかないのでは？　お父様だけでなく一緒に仕事をする人も。少ない人材で強引に進めていくと、どこかで破綻します。それこそ、突然体を壊す人が出てきたらどうでしょう？」

「むぅ」

父とソルティスが揃って唸る。

「実際、シュガールがそうではありませんか？　彼が倒れると、彼と同じ量の仕事ができる料理人は、この家にはいませんでしょう？　例えばお披露目などの日にごちそうを作るとき、シュガールが何らかの理由で動けなくなった場合、代理に立てる料理人はおりますか？」

「……確かに、な……」

手応えはある。このまま押し切るべきだろう。

（前世のお袋に感謝だな……。嫌なコトがあったとか言って飲んだくれて愚痴ってた話が、ここで生かせるなんて思わなかったぜ……ッ！）

職場の人手が足りない話とか、そのせいで大ポカが発生したのに、上層部は何もしてくれない。しかもポカしたことを説教してきたうえで、新人どころかバイトすら補充してくれなかったとか。

そういう愚痴を思い出しながら、ショークリアは父を見る。

「領地のお金が少ないのは承知のうえです。でも、それを気にしてお金をケチりすぎると、逆に大きな問題が発生して、余計な出費が増え、やがて取り返しの付かないコトになるのではないかと、わたしは思うのです。ですから雇い主と雇われる者がウィン・ウィンの関係になるのが一番良い形なのではないかと」

「うぃんうぃん？」

　思わず口から出た言葉に、父が首を傾げた。

　それに対して、ショークリアは慌てて答える。

「ウィンとは――ええっと、遠い異国で、勝者とか勝利とかいう意味で……ウィン・ウィンというのは勝者と勝者――つまり雇い主も雇われる者もどちらも正しく勝利できる状態という言葉というか……。お買い物とかでもそうです。お店とお客さんがどっちもウィン・ウィンの関係であるコトが健全であり、何よりお互いが気持ちいい関係ですよね――という感じというか……ええっと」

「落ち着けショコラ。言いたいことはわかったから大丈夫だ」

「しかしウィン・ウィンですか。良い言葉だと思いませんか、旦那様」

「ああ。先ほどの件も含めて、今回の話も一考の余地がある」

　二人の様子に、ショークリアはホッと一息ついた。

「お前のコトだ。戦士以外の応募者たちの中で、戦士以外の適性を持った者たちの資料もあるのだろう？」

「はい」

うなずくと、用意していたもう一つの紙束をミローナが取り出す。

取りに来たソルティスにそれを手渡し、ソルティスから父の手に渡る。

「お前は武官としてだけでなく、文官としての才能もあるのだな……」

紙束に軽く目を通した父は、しみじみと呟くように口にする。

「そんなお前が言うからこそ――この提案には意味があるのかもしれんな。そう思わんか、ソルト」

「はい。私《わたくし》めもそう思います。お嬢様が将来どのようなお仕事をされるにしろ、将来において女性だからという理由で不当に扱われるのは非常に勿体ない才能を感じます。そして、今まで我々は才能ある女性をそう扱ってきたのだと思うと申し訳なさもありますね」

「全く、自分が情けないな。娘の才能を見るまで気づかぬとは。妻を――マスカフォネを見ればわかるだろうに……それがふつうだと思っていた。あいつもまた、魔術士としての才能はあれど、女だからと評価されない者の一人だったのだからな……」

嘆息する父へ、ショークリアは告げる。

「ですが、今からでも遅くはないのではありませんか？」

ダメ押しをするならここだ――と、ショークリアは最後の気合いを振り絞る。

「これからそういう動きをしていけば、いつかは『かつての女性の扱いは悪かったのだ』と、過去形にできる日が来ると思います。早ければ早いほど、お母様の才能を世間に認めさせる機会も来るのではないでしょうか？」

父が、ソルティスが。

あるいは室内で作業をしていた他の文官や従者たちも、一斉に難しい顔をする。

同時に、さきほど父に声を掛けられていた女性文官と侍女は、縋るように彼らを見つめる。

(今更だけど、今回の女性応募者が合格すればそれでいいって感じであれこれ考えてたんだけどよ……なんか本気ですげー大事になってってね……?)

ショークリアの胸の裡《うち》など誰にも届かない。

だが、少しばかり調子に乗りすぎたのかもしれないと、内心ちょっと頭を抱える。

(とはいえ、ここまで来たら、行けるとこまで行くしかねぇよなッ!)

しばらく、戦士と戦士以外の両方の資料を眺めていた父だったが、意を決したような顔で立ち上がった。

「無駄に矜持だけ高い領主であれば、たとえ自分の子供であれ、幼子の——しかも女児だからこその戯言だと一蹴しただろうがな……あいにくと、私にそのような矜持はない」

机を迂回しショークリアのもとへとやってきて膝をつくと、父は娘を抱きしめる。

「お前の提案、無駄にしないと約束しよう。そして、お前の意向通り、女性応募者は全員雇うし、それ以外の者にも仕事を与えよう」

「そうなると、女性用の寮なども必要ですね。当面は使っていないほうの離れを使用しましょうか」

父の言葉に、ソルティスが提案する。

「上層部が意識していても、末端にその意志や考えは届かないもの。男女共用にした場合、勘違いした愚か者が、強引な夢重《ゆめがさ》ねを行おうとするかもしれません」

「確かにな」

その提案にうめくようにうなずいて、父はショークリアを解放した。

「夢重ね？」

「今のお前は、まだ知る必要のない言葉だ」

首を傾げるショークリアに、父は優しく告げるので、素直にうなずくが——

（じーさんのおかげで理解できたぜ。夢を重ねる——ってのは、夜這い……いや、単純に夜のアレってところか。……そう考えると、あの料理好きの姉ちゃんは、酒場の給仕だってのにそういうコトをさせられてたってコトか……？　尚更、クソったれな話じゃねぇか）

胸中で毒づくと、ショークリアは顔をあげて、父を見る。

「お父様」

「なんだ？」

「夢を重ねる——という言葉の意味はわかりません。ですが……」

言葉の意味は理解できたが、自分がまだ五歳だということを思うと、理解を示すほうがおかしいだろう。それでも、言いたいことは、ここで言っておこうと口にする。

「試験を受けた人の中に、料理をしたくて酒場に雇ってもらったものの、給仕と夢重ねばかりさせられた……と悲しそうな顔をする人がいました。ソルトの言い方と、その人のコトを思うと、強引に夢を重ねるというのは良いコトではないのですよね？　でしたら、そういうコトが起きないような環境にできるように、お願いしたいです」

真面目な顔でそう告げると、父とソルティスも真面目な顔を返してくる。

そして二人が何かを口にするよりも先に、別の声がここへと割って入ってきた。

「旦那様、お嬢様。従者としての礼を失しているコトを承知して、発言をさせていただきたいのですが」

「許そう」

割って入ってきたのは、部屋の中で父の仕事を手伝っていた女性文官だ。

その横には、同じく部屋の中にいた侍女も立っている。

「この館へ来てから、強引な理由や理屈で夢を重ねてこようとする男性はなくなりました。ですが、世にはまだ多くいるのです……ッ！　だからこそ、お願いしますッ！　そのような不埒を容認するような状況を改善していただきたくお願い申しあげますッ！　お嬢様の提案する将来を、共に夢に見させていただきたいのです」

「私からもお願い申しあげます。旦那様、侍従長――お嬢様の描くものは、私たちにとっての希望でもあります」

そう言って、彼女たちは深々と頭を下げる。

「君たちは、領地外から来て働いてくれている者たちだったな」

フォガードは二人に頭を上げるように告げ、自身の顎に手をやった。

「王命でこのような田舎に送られてしまったコトを嘆いているのかと思っていたが……」

「確かに給金は少々……ですが、それ以上に、王都と比べて働きやすさが違います。不満があったのは最初だけ……今ではこの領地の外で働くなどと考えたくもないほどに」

「私も同じです。平民出身の女性従者など、奥様やお嬢様に付けてもらえない場合、男性従者や守領騎士たちから、強引に夢重ねを迫られるコトが当たり前なのです。ですが、守領戦士の皆さんはそのようなコトをしてきません。それだけでどれだけ働きやすいと思ったコトか……。全てを救えないのはわかっております。ですが……是非とも、悩める女性の救いの領地となっていただければと思います」

「……そうか。女性たちはそこまで深刻に悩んでいたのだな……」

二人の真摯な言葉に、父は非常に難しい顔をする。

それに対して、ショークリアは胸の裡で、顔をひきつらせた。

（……おいおい。この世界って、そこまでアレな男が多いのかよ……。いずれ王都の貴族学校とやらに放り込まれるって話なんだが……ちと、王都行くのが怖ぇぞ……。でもまぁ、いざとなったら斬り落とすか）

前世の自分であれば、自分自身が怖くなるような発想だが、今世は女として生まれたせいか、思考はともかく精神が女性に寄っているようだ。

思いついた発想を怖いとは思わず、むしろ積極的に斬《や》っていくのも悪くないかもしれない――とまで、ショークリアは考える。

そんな思考が殺気として漏れていたのか、父は――いや室内の男性たちが青ざめた顔をショークリアに向けた。

彼らを代表して、父が尋ねてくる。

「……物凄い寒気を感じたが……ショコラ、何を考えた？」

「え？　いざとなったら斬り落とそうかな、と」

『何をッ⁉』

男性陣からの総ツッコミに対して、ショークリアは思わず「そりゃあ、ナニだよ」と答えようとしてしまう。

だがその発言はさすがに貴族の女の子らしくないな――と自制すると、優雅に微笑むにとどめた。

（その微笑みが逆に怖いって……ッ‼）

結果として男性陣には、逆効果であり、ミローナ含む女性たちからは敬意の眼差しを向けられることとなったのだが、ショークリア本人は気づかないのであった。

「見たかッ⁉　俺の娘、すごくないッ⁉　可愛くて強くて頭も良いとか才能あふれすぎてて怖いッ！　なんなのあの子ッ、素敵ッ‼」

ショークリアが退室し、その気配が完全に遠ざかったところで、フォガードが騒ぎ出す。

彼をよく知るものからすれば、子供のいないところでは阿呆みたいに騒ぐ親馬鹿な面があるのはいつものことだ。

とりあえず放っておけば、収まることだろう――とみな共通認識を持っていた。

「俺と睨み合ってても平然としてるしッ、見聞きした情報から自分で考えて案を出してくるし、将来何をしても安泰っぽくないッ⁉　いや、安泰じゃないからあんな提案してくるんだろうけど……ッ‼」

そうやってしばらく娘すごいと騒ぎ続けた後で満足したのか、フォガードはいつもの様子に戻った。

「そういえば最後に微笑んだときのあの様子……夢重ねの意味を理解しているようだったな」

「ええ――早熟というべきか、なんと言いますか……」

冷静になったフォガードは、退室前のショークリアを思い出して盛大に嘆息する。

それに、ソルティスも同意した。

「我が子が天才なのは良いコトなんだがな、末恐ろしいにもほどがある」

「暇があると図書室で本を読まれておりますからな」

「単に読むだけにとどまらず、知識として利用できる思考を持つか……」

フォガードは、娘の将来について少し想像する。

どのような仕事でもこなせるだろうショークリアだが、一番想像しやすいのは、戦場での指揮官や将だろう。

「ショコラが将来的に戦場で指揮官などをやるとして、それに従う男がいるかどうか……」

「嫌がる者が多そうですな」

ソルティスの言葉に、フォガードはうなずく。

自分が部下の立場であれば、女性指揮官をどう思うか――と考える。

「自分の場合で考えると、指揮官がバカでなければそれで良い……となるから、参考にならん」

「私めも同じですな。無能で矜持と志だけが高い指揮官なんぞ、性別関係なく邪魔なだけです」

「その点、ショコラであれば、攻めるも逃げるも冷静に判断するだろうさ」

「その判断を冷静にできるという信頼があるだけで、兵士としては大変ありがたいですな」

とりあえず、自分とソルティスだけでは参考にならないと考えたフォガードは、室内にいる戦士の一人に声を掛けた。

「クグーロ。君はどう思う?」

「騎士であるコトだけを誇りにしてる戦場知らずのボンボンたちならいざ知らず、自分は元傭兵ですぜ、旦那。考え方としちゃあ、旦那やソル爺と変わらんので、参考にはなりませんて」

茶色の髪に、どこか粉雪が乗ったように白髪が交ざる二十代半ばの戦士は、特に考える素振りもなくそう答えた。

「それもそうか」

フォガードはその答えに軽く肩を竦めてから、そう言えば――とついでのように尋ねる。

「戦士団はあまり女性に手を出してないようだが、実際のところどうなんだ?」

「んー……まぁ団長たちから、『人手が足りないから、それを減らすようなマネするな』って口酸っぱく言われてますからね」

そう言ってから、クグーロは後ろ頭を掻く。

それから言葉を選ぶように、口を開いた。

「強引に手を出して泣かすようなコトはしてないのは事実ですぜ。それに、屋敷の中で働いてる人らって、俺らの同僚かと言われると微妙ですしね。確かに雇い主は旦那やマスカの姉御で、そこは俺らと同じですけど、雇い主が同じだからって戦士と同僚ってのはねぇでしょうよ。言い方は悪ぃですけど、文官や侍従たちに手ぇ出すってコトは、雇い主の所有物に手を出すみたいなモンじゃねーですか。雇い主の家に飾られてる絵画や壷とか高そうなモンと同じでさぁ。気に入ったからって勝手に持ち帰ったり、気に入らねぇからって勝手に壊したりするのと同じようなモンなワケで。そりゃあ、やっちゃマズいってのを理解できないほどのバカはいやしねぇっスわ。旦那もわかってると思いますが、傭兵ってのは雇い主や依頼人あってこそ。信用第一でさぁ。そこは戦士団となっても変わりゃしねぇって話です。それこそ、お嬢の言ってたウィン・ウィンってやつでさぁな。依頼人と傭兵ってのはその関係が維持できてこそでしょうさ」

クグーロからの言葉を吟味するように、フォガードはうなずく。

人手が足りてないことが抑止力になっていると言われるのは複雑ではあるが、戦士団の全員がこのような思考をしているのであれば、下手に矜持だけ高い騎士を雇うよりも頼もしい。ありがたいことである。

「なら、女性戦士が雇われたとしたらどうだ？」

「どーですかねぇ……。俺個人は、性格とかに問題がねぇようなら、それでいいんスけど。でも、自制効かねぇバカは多少いるだろうとは思いますわ」

「ふむ。やはり女性戦士を雇うなら専用の寮は作るべきか」

「それも必要だとは思いますがね……俺個人の意見としちゃあ、女性戦士団を別途作って、そこの雇い主を、マスカの姉御かショコラのお嬢にしたほうがいいと思いまさぁ。もちろん、緊急ン時の最優先は旦那の指示でいいと思いますがね。同じ戦士団でも別組織――別の傭兵団って意識がありゃあ、自制効かねぇバカもまだ理解できると思うんで」

「ほう……なるほどな」

思ってもみなかった場所からの悪くない提案に、フォガードは思考を巡らせる。

「ついでに言わせてもらってもいいスかね？」

「なんだ？」

「治安の問題が発生するかもしれねぇってのは理解してるし、女たちから反対されるだろうコトはわかってるんスけど――幻夢館《げんむかん》を領都に開いてはくれねぇですかねぇ？　旦那や姉御に付き合って別の領地へ行くときくれぇしか、女で遊べねぇってのも、正直よろしくねぇっスからね」

「領内の女に手を出さないというのは、同時にそういう問題をはらんでいるのも道理か……」

とはいえ、自らの意志で幻娼《げんしょう》をやっている者はいざ知らず、誘拐されたり売られたりして無理矢理に幻娼をやらされている者がいるのも事実。

店を出す許可をするのはやぶさかではないが、そういった店が治安の悪化やよくない輩を呼び込むだろう懸念は大きい。

「そちらは保留だな。いや、本格的に領内での女性雇用をするのであれば検討すべき案件だとは思うが、今すぐに何か案が出るわけでもない」

「検討してくれるだけでありがたいスわぁ。よろしく頼みますぜ」

クグーロの言葉にフォガードは大仰《おおぎょう》にうなずく。

それから大きく息を吐いて、ショークリアの持ってきた紙束を手に取った。

お披露目を終える前の子供とは思えない綺麗な文字で、丁寧にそれぞれの人物についての印象や腕前などが書かれている。

希望する仕事内容までしっかり網羅しているのだが――

「どうすればここまで調べられるのだろうな」

思わず独りごちると、それに答える声があった。

「……嬢は試験のあと、一人一人に質問をして回っていましたからね」

「モーラン……ちゃんとノックして入ってきてくれ」

背後からゆっくりとその存在感を見せたのは、戦士団副団長のモーランだ。

相変わらず自身の持つ技能を用いて、音もなく部屋の中に姿を見せるので困る。

「それだけ、女性の地位向上に力を入れているのか……あの子は」

「どうでしょうね。嬢はちょいとばかり考えるコトが突飛すぎて、自分には理解できないところがありますから」

「それは父である俺も同じだがな」

フォガードはふーっと息を吐き、モーランへと視線を向けた。

【3】


「用件は？」

「男のほうも試験が終わったので、結果を持ってきました」

「それで？」

「自分と団長の見解としては、全員不合格です」

「女性陣とは正反対の結果だな」

「一部のクズが無駄に騒ぎましてね。だが応募者の誰一人としてそのクズどもを咎めなかったのが問題です」

「そのクズどもはどうした？」

「ほかの応募者同様。一応は、宿泊のための別邸に案内しましたが……態度が悪すぎるので、ほかの応募者より先に館を追い出す予定です」

「そうか。その辺は任せよう。実力行使が必要なら、ショコラにでもやらせればいい。あれの睨みと威圧はすごいぞ」

「そうさせてもらいます。ちなみに、応募者に対する嬢と坊の評価は正しいですよ。一緒に聞き込みに回った自分も同じ印象なので」

　モーランが言うのならば本当なのだろう。

　もとより娘の調査を疑っているわけではなかったが、モーランの言葉によって信頼性が補強されたと言えよう。

「ショコラの提案は聞いていたか？」

「自分は賛成です。クグーロの女性戦士団設立の案も含めて。もっと言うなら、幻夢館に関しても同様です。付け加えるのであれば、男の不満解消のために幻夢館を置くのであれば、同時に女の不満解消の施設もあってしかるべきでしょう」

「理屈はわかった。だが、女性向け施設とはどんなものだか想像ができんな……」

しばし悩んでから、フォガードは室内にいる女性二人へと声を掛ける。

「度々すまんが、君たちの意見を聞きたい。女性として、何かそういうモノが欲しいというのはあるか？」

文官のほうはしばし逡巡してから、顔を上げる。

「そうですね。女性でも気軽に入れる食事処が欲しいです。お茶や、果物などを楽しめると、なお良いかと。特にお嬢様考案の甘いお菓子などがいただけると嬉しいですね」

「ふむ。君はどうかね？」

侍女に尋ねると、彼女は少しだけ顔を赤くし、両手を頬に当てながら、恥ずかしそうに口を開いた。

「えーっと、その……女性向けの……幻夢館、とか……」

「え？」

「幻娼は……個人的には男性が良いですけど、この際、顔が良ければ女性でも……！　いえ、いっそ自分は大丈夫なので、男性の幻娼同士とか、女性の幻娼同士とかが絡み合ってる姿を横から見たいといいますか……」

何が大丈夫と言うのだろうか。

すでにいろいろ手遅れな気がする。

「そうですそうです！　男幻娼同士や女幻娼同士が絡み合う姿を見れる見世物小屋とかがいいです！　はい！」

とにもかくにも侍女は口早にそう告げながら、きゃーなどと言って勝手に騒いでいる。

その様子にどうしたら良いのかわからず、

「そ、そうか……検討して、おこう……」

フォガードは呻くように、そう口にするのだった。


【3】


試験の翌日。まだ世間が活動するにはやや早い時間。

鎧なしの戦士団制服に着替えたショークリアは、鞘に納まったままの剣を肩に載せながら、のんびりと庭を歩いていた。

向かっているのは二つある別邸のうちの片方だ。

本邸の玄関から別邸へと延びる歩道を歩きながら、ちらりと本邸を見やる。

キーチン領メイジャン邸はグニッドユープと呼ばれる、この国ではメジャーな建築様式で作られている。

外見は立方体を組み合わせたような形で、それぞれの立方体の角部分は円塔のようになっているのが基本だ。

二階などが作られる場合は、必ず一つ下の階よりも一回り以上小さいサイズになる。

そのため、現代の地球にあるような、どの階も同じ広さや形のアパートやビルのようなものには、まずならない。

(さすがに馴れたが、パッと見チョコレートケーキなんだよな……)

外から見る壁の色合いはココアスポンジとチョコクリームが何層にも連なっているように見える。

丈夫で艶やかな建築石材エタロコチョークがチョコレート色をしており、その色合いを全面に押し出すような造りになっているので、ショークリアがそう思うのも無理はない。

エタロコチョークに関しては、ショークリアの知識の中にあるものでたとえるならチョコレート色の大理石——が近いかもしれない。

そもそも大理石に関する知識が乏しいので、見た目程度の印象でしかないが。

屋根は平坦で、エタロコチョークがより深く美しい色に見えるような工夫がされているので、艶やかなダークチョコレートソースが掛かっているようにも見える。

一見、装飾のためだけのように見えるエタロコチョークだが、実は水を弾く性質があるので、雨に強い。さらには、耐熱性も高いので、火にも強い。

そのため、見栄やお洒落に興味のない者であっても、家の外壁にエタロコチョークを使う者は少なくないのだ。実際、父フォガードがその口である。

……などという建築様式のことをぼんやりと思い浮かべるのは、半分は現実逃避の意味もある。

それはそれとして——この家の敷地は広い。

周囲からはポッと出の貴族と見られているのはさておくとして、ここは一応英雄が賜った土地に作られた英雄の家だ。

そのため、この家を建てるにあたって王家からは『多少の見栄を張れ』と、多めの建築資金を渡されたらしい。

フォガードは最低限、貴族の家と言える程度の形で建てるつもりで、残りは開拓資金に充てようとしたらしいのだが、母マスカフォネがそれを止めたそうだ。

曲がりなりにも王家から与えられた建築資金。

多少余る程度ならともかく、開拓資金に充てるほど残すのは王家に対する不敬にあたるとし、今の家を建てることになったらしい。

結果、本邸とは別に、敷地内には離れが二つ建てられている。

実はあまり用途は考えられていなかったのだが、本邸だけだと予算が余りすぎるための苦肉の策だったそうである。

今は本邸から見て東側の別邸を戦士団の幹部たちと、文官たちが使っている。

本邸と比べれば簡素な造りではあるが、それでもエタロコチョークが使われたグニッドュープ様式。高級感はやはりある。

そのせいか、時々利用する戦士団の下っ端たちからはとても不評だったりするのだ。曰く金持ちの家っぽさが落ち着かない——だそうである。

常に利用している幹部たちからしてみると、住めば都だそうだが。

そして、彼らが使っていてもなお空き部屋が多いその別邸は、試験を受けにきた男性たちの仮宿としても使っていた。

試験結果は翌日ということもあり、応募者たちを野宿させるわけにもいかなかったための措置だ。

ちなみに、女性従者が置かれた現状を知ったこともあり、メイジャン家に仕える数人の女性文官は一時的に本邸にある侍女たちの部屋へと移動してもらうことにしてある。

そんな男臭い別邸へとショークリアが向かう理由は――

「すみません、嬢。朝早くからご足労いただいて」

別邸の玄関で待っていたのは、見た目と印象がとても地味な戦士団副団長のモーランだ。

軽く頭を下げてくる彼を制して、ショークリアは軽く肩を竦めた。

「気にしないでモーラン。ある程度は予想できていたコトだしね」

そう答えながらも、ショークリアは自分が呼ばれた理由に関して、内心ではだいぶ呆れていた。

「ところで、こういうときってお父様のお仕事のような……」

「その旦那曰く――ショコラがいれば充分だろ……だそうでして」

「……ザハル団長は？」

「所用で馬車を取ってくるそうなので、馬鹿どもは嬢に任せる、と」

「……二人から丸投げされた気分……」

「実際、丸投げですしね」

ショークリアとモーランが仲良く嘆息したところで、別邸の中へと入っていく。

勝手に玄関を開けて入っていくショークリアに、モーランは思わず尋ねる。

「こういうときは、従者に開けさせるものでは？」

「うーん……貴族らしい姿を見せたところで意味なさそうだから問題ないんじゃない？」

そうしてエントランスホールへと足を踏み入れて――ショークリアの顔は盛大にひきつった。

こちらに一斉に視線を向けてきたのは、小綺麗なエントランスホールに相応しからぬ風情の男たちだ。

どこからか持ち込んだらしい酒や肴などで騒いでいたようだ。しかも、酒や肴をこぼしているだけならいざ知らず、吐いた形跡も見られる。

ショークリアは思わずその出したモンしまえと口にしたくなるも、グッと堪えた。

昨日の挨拶のときにも思ったことだが――お世辞込みでもチンピラ以外の言葉が出てこない。

前世で言えば、それこそタイマンする気はないくせに、群れるとやたら喧嘩を売ってくるイキった不良どものようなものだろう。

「モーラン。こいつら、何でも屋《ショルディナー》崩れかしら？」

「それは何でも屋たちに失礼な言葉ですよ、嬢。冒険者にも傭兵にもなれない連中ですからね。それでも手を差し伸べてくれるような何でも屋たちはいたでしょうが、その手すら払ったような連中です」

「昨日の時点で、追い出しておけば良かったわね」

「それに関しては自分と団長の落ち度ですね」

これが男性応募者全員というわけではないだろうが、頭が痛い。

彼らを他の男性応募者は咎めなかったというが、そもそもからして関わり合いになどなりたくはなかっただろう。

その辺りの評価は、少し甘くしてあげてもいいのではないだろうか。

そんなことを考えていると、エントランスホールを陣取っていた男たちは下品な笑い声をあげた。

「なンだぁ？　ガキ連れて来やがって」

「ははははッ！　そんなガキなんて怖かねぇよ！」

「ぎゃはははは！」

（あー……ホンット、前世思い出すな。そして妙にムカついてくんな……）

「剣持ってお稽古でちゅかー？」

小馬鹿にしたような口調で一人がそう告げると、周囲にいる者たちは何が楽しいのか爆笑する。

騒ぎを感じ取って、他の応募者たちも様子を見にやってくる。

応募者たちは一様に彼らに対し見下したような眼差しを向けるか、彼らの対応をしている相手が領主の娘であると気付いて青ざめていた。

「とっとと荷物を纏めて出て行きなさい。あなた方は、合否以前の問題です」

ショークリアとて、この世界は生前より身分の差がハッキリしているというのは、この五年で理解している。

それに、母からの教育によって、知識のうえでは状況に応じた対応というものを知っているつもりだ。

「合否以前の問題です！　だってよぉ！　キリっとしちゃってさぁ！　副団長ってのはあんなガキにヘコヘコしなきゃなんねーわけ？　オレだったらビシっと言っちゃうぜぇ！」

だからこそ、思う。

（こりゃねぇだろ……。根本的によぉ、コイツらにとっちゃ他人の家だぞここ。どーしてここまでデキんだ？）

それに昨日は試験前の挨拶でショークリアは堂々と名乗っている。だというのに、彼らは目の前にいる少女が誰だか理解できていない。

「あのね、モーラン」

「なんです？　嬢？」

「個人的には身分差って面倒だなって思うの」

「急になんです？」

「でも存在しちゃってる以上は、互いに相応に振る舞うべきよね？」

「もちろんです。少なくともこの国は、身分の差を基準にした考え方が根づいていますからね。変えたいのなら、国の中心に携われるくらいの身分を得られる功績が必要ですよ」

「変える変えないはともかくとして――教えてもらわないとわからないものっていうのはあるよね？　貴族であっても平民であっても」

「それはありますね」

「だから態度や言葉遣いを咎める気はないの」

「嬢は、本当に五歳児らしからぬ言動をしますね」

「でもね――それでもね。思うの……あれはないよね？」

「ないですね」

ショークリアとモーランは盛大に、長く、長く、とても長く、息を吐く。

「あのね、モーラン」

「はい」

「これから、とてもとても汚い言葉を使うけど、大目に見てほしいの。できれば家族のみんなにはナイショの方向で」

「そりゃあ構いませんが……」

（よし、モーランの許可が下りたし……久々にやっかね……前世ぶりの、喧嘩をな）

今の身体は五歳児のものだ。前世のときとはリーチもパワーもまったく異なる。

「ああいうのは、身体だけでなく心の底から理解させる必要があると思うの」

「旦那と団長から実力行使の許可は下りています。あそこまで無礼が過ぎるのを見るに、どうして今まで生きてこれたのかが不思議ではありますが」

だが、今世は剣があるし、フォガードとの訓練で、この身体での戦い方というのも理解できてきている。まだまだ未熟だが、彩技《アーツ》を用いれば、体格差などどうにでもできるだろう。

（万が一にも後れは取らねぇ相手だな）

ターゲットの数は六人。全員、骨の一本や二本は覚悟してもらおう。

（んじゃ、ちょいとやってみっかッ、お祈りメール代わりの喧嘩をよッ！）

気合いを入れて、ショークリアは切れ長の鋭い目をことさらに鋭くしてメンチを切った。

魔法のような力が存在するこの世界では、気合いを込めて睨みを効かせるだけで、威圧という力が発動するっぽいことは、昨日の時点で理解している。

そして、無意識にやっていたが、これも一種の彩技だ。それに気づいたとき、意識して強烈なメンチだって切れるようになったのである。

「テメェらよォ……あんま調子くれてんじゃねぇぞ……」

「え？」

あまりといえばあまりのショークリアの変貌に、チンピラたちはポカンとした顔をする。

豹変するショークリアの様子には、横にいたモーランすらも、珍しく間抜けな表情を浮かべていた。だが、同時に発された威圧感に、一瞬遅れて顔をひきつらせる。

余談だが、どれだけ低く凄んでも、声と容姿が愛らしいのはご愛敬だ。

「テメェらに合わせた喋りしてやんだからよォ、ちったぁ言葉を理解してみせやがれ」

鞘から剣が簡単に抜けないように、鞘と柄を結びつけていた紐を解く。

柄を右手で――逆手持ちにして、思い切り右へ振ってから、素早く剣を引く。すると、鞘だけが勢いのまま飛んでいき、刀身は抜き放たれる。

そのまま剣を逆手に持って、左手で前髪をかきあげた。

「ここはテメェらのシマじゃねぇんだ。テメェらの故郷でもなけりゃ家でもねぇ……。傭兵崩れの盗賊どもや、路地裏で張ってるスリどもすら持ち合わせてるような常識ってモンがあると思うんだがよォ……それを持ち合わせてねぇのかテメェらは？　あァン？」

チンピラたちは完全にショークリアの雰囲気に飲まれていた。ちなみに、横にいるモーランも飲まれている。

雰囲気もさることながら、同時に放たれる眼光と威圧は、いろいろと鈍感なチンピラたちすらもビビらせるに充分なものだったようだ。

「他人の家で酒盛りして、他人の家ン中で汚ぇモンぶちまけてんじゃねぇぞ、なぁ？　テメェらの匂いの移った臭ぇ金でよォ……汚した絨毯やなんかを綺麗にできると思ってんのか？」

「か、金を取るのかよッ⁉　テメェらがここに泊まれって言って連れてきたんだろッ⁉」

精一杯強がったようなチンピラの言葉に、雰囲気に飲まれていた周囲の人間は一斉に正気に戻り頭を抱えた。

（え？　あいつ何言ってんの？　路地裏にあるような汚ぇ安宿だって客が限度を超えた汚損を起こせば金を請求するぞッ⁉）

そもそもどう見ても平民の彼らが貴族の家に泊めてもらっているという時点で、畏れを抱いていないほうがおかしいのだが。

もちろんショークリアも胸中では頭を抱えた。何を言っても無駄だと悟ったとも言える。

あとはもう、ボコるしかない。

「あのよォ――……人間の内臓ってわかるか？　心臓とか胃とかよォ、いろいろあるんだけどよォ、売るとこで売れば、良い値が付くらしいぜ？　知ってっか？」

ショークリアのその言葉に、ギャラリーの中で青ざめていた者たちが、ことさらに青ざめた。

彼女の言葉の中にある本気を感じ取ったのかもしれない。

「テメェらの腐ったモンが、家畜のクソより値が付くとは思わねぇけどな……。それでも、ちったぁ足しになんだろうよ。まぁテメェらにもわかりやすく要約すると、だ」

ショークリアの全身に力が籠もる。

ギャラリーたちが、ゴクリと喉を鳴らす。

言動もさることながら、放たれる殺気は、もはや五歳児とは思えない。

「テメェらの臓器《ナカミ》ッ、ここでッ、全部ぶちまけていきやがれェエ――……ッ!!」

啖呵とともに彩技で身体能力を高める。

同時に地面を蹴り、ショークリアが弾丸のように飛び出していく。

手近にいた男の前まで移動すると、右手を振り上げて、剣の柄で一人目の顎を強打する。

意識を失いながら上へと吹き飛ばされる仲間を見て、ようやく状況を理解したのか、各々が武器を手にしたり、構えようとして――

「ナメてんのかッ！　何もかもが遅《お》せぇんだよッ!!」

ショークリアはそれを遮るように吼える。

二人目は剣に手を伸ばそうとしているところを左手で殴り飛ばす。

三人目は剣を抜こうとしているところを蹴り飛ばす。

四人目は槍を構えようとしている最中に槍を半分に切り落とし、流れるように回し蹴りをたたき込みぶちのめす。

五人目は完全に剣を構えていたのだが、動き出すよりも早く、跳び蹴りが顔の中央をとらえた。

そして最後の六人目。跳び蹴りの着地を狙ってきたようだったが、ショークリアは右手に握った剣で相手の剣を払い、左手による強烈なジャンプアッパーカットで相手の顎を砕いた。

こうして、ショークリアは瞬く間にチンピラ全員を叩きのめすのだった。

全員が白目を剥いて絨毯の上に倒れ伏せているのを確認して、ショークリアは一息つく。

「ふぅ」

「嬢」

そのときにモーランはショークリアを呼んだ。

ちらりと、彼のほうに視線を向けると――

「これを」

「ありがとう、モーラン」

モーランはショークリアが投げ飛ばした鞘を、投げ渡してくれた。

それを受け取って、剣を納めて周囲を見回し……

「この人たち、どうしようか？」

何事もなかったかのようにモーランへと尋ねると、彼はショークリアの変わりっぷりに少し戸惑ったような顔をしつつ、真面目に答える。

「そろそろ団長が馬車を持ってくるんでね。送っていきますよ。

……すれ違わずの道――ダイキーチ街道の、真ん中あたりまで、ですけどね」

「真ん中？」

「放り投げて帰ります。あとはどうなろうが知ったこっちゃありませんので」

日本人の感覚としては問題ありそうな行為だが、ここは日本どころか地球ですらないのだ。

あんな暴言を吐いておいて何を――と思われるかもしれないが、あんなものはただの脅しである。

それ故に、そんなところで放り投げて、こいつらが魔獣に殺されたら寝覚めが悪いのでは……と思いはしたものの――

（あー……あんま罪悪感わかねぇわ。うん）

――どうやら、自分もこの世界の感覚のようなものに馴染んでいるようだ。

（考えてみりゃ前世ン時も、馬鹿どもが道路の真ん中で寝てっと邪魔だからっててきとーに路地裏に放り投げたりしてたっけか）

思えば……前世の頃からこの世界基準のような行いをしてたような気がしてきたので、胸中で頭《かぶり》を振る。

「まぁ、それがふつうの対応なんだったら、それでお願いね」

とりあえず、ショークリアはそう言ってうなずき、あとをモーランに任せることにした。

【3】


爽やかな青空広がる、午前中。

ザハル団長がチンピラたちをドナドナしていくのを見送ってから、ショークリアは本邸に戻って朝食を済ませた。

その後で、改めて別邸にやってきている。

今回は別邸の中ではなく、その玄関の前に男性応募者を集合させているところだ。

そうして全員に不合格を告げた途端、爽やかさを切り裂いて台無しにするような声が響く。

「納得いかぬッ！」

そう叫んだのは、ひょろりとした印象の男だった。痩せぎすで色白で、くすんだ黄色のような色合いの髪は整髪料のようなもので束ねられ、ひょろりとしんなり伸びている。

（モヤシに似てんな、この兄ちゃん……）

何やら喚くそのモヤシに対してショークリアが思うことは、その程度だった。

「ショコラ嬢ッ！　君は同性である女性たちを贔屓したのではないかねッ⁉」

キンキンするような声で詰め寄ってくるモヤシをショークリアは軽く睨みつけると、彼は背筋を伸ばして後ずさった。

（ビビりすぎだろ）

その原因は今朝の自分の振るまいだという自覚はあるので、それを口に出す気はないのだが。

「何度も言うように、男性陣は全員不合格です。合格の基準の一つが、シャインバルーンを五匹倒すコトができるかどうかです。少なくとも貴方は五匹に満たなかったそうですね？」

「その程度で何がわかるというのかね？　僕は三匹ものシャインバルーンを倒したのだよ？」

「この領地で一番弱い魔獣がシャインバルーンです。あれに余裕を持って勝てないようでは、戦士なんてやってられません。もっとも勝てずとも見込みがあれば合格はありえましたが、ザハル団長は貴方を見込みなしと判断されました。理由としてはシャインバルーンを一匹倒すごとに、いちいち倒しましたと胸を張って報告していたようですが——まぁその程度、自慢にならないのは説明の通りです」

「僕は才能に溢れているんだ！　この領地程度であれば団長に……」

「ごちゃごちゃうるせぇッ！」

本格的に寝言を喚き始めたモヤシの言葉を遮って、ショークリアは鋭い踏み込みからのボディーブロウをキメる。

今朝方、前世のノリでチンピラたちをボコってから、どうにもお嬢様としての振る舞いが崩れてきているのはよろしくない——そんなことを胸中で独りごちる。

周囲が「え？」という顔をして目を見開いているが、ショークリアはさして気にした様子はなく、小さく息を吐いた。

意識を失いくたりともたれ掛かってくるモヤシを、ポイっと投げ捨てて、ショークリアは周囲を見回す。

【3】


「大変お見苦しいものをお見せいたしました。ほかに何か抗議がある方は？」

「ショコラだったな。俺が落とされた原因はなんだ？　この男と違い、シャインバルーンは二十匹ほど狩ったんだが……」

手を挙げて静かに問いかけてきたのは、髪の毛を完全に剃った禿頭《とくとう》の大男だ。右目に眼帯を付けて上半身裸でムキムキな感じは、なかなかに暑苦しい。

立ってるだけで威圧感のあるその男に、だけどショークリアはさして気にした様子もなくうなずいた。

「貴方の場合はですね、その性格が領衛戦士に向かないと団長は判断したようですね」

「どういう意味だ？」

ザハルが残していったメモを見ながら、ショークリアは答える。

「腕前は申し分ないようですが、領衛戦士というのは時に周囲から無茶や理不尽を押しつけられます。ですが、貴方の場合、それに耐えられないだろうというのが団長の判断です。たとえ貴方一人であったとしても、理不尽に耐えきれず暴れてしまえば、それは戦士団全体の――もっと言うと、領地や領主の名を傷つけますので」

「……そう言われてしまうと、反論ができないな。今まさに暴れたいくらいだ」

「付け加えるのであれば、貴方の場合、強敵と戦うコトに楽しみを見出されているのでしょう？」

彼がうなずくと、ショークリアは微笑んだ。

「でしたら、領衛戦士ではなく、何でも屋として、しばらくこの地に滞在されるのはどうでしょう？

何でも依頼《ショルディンクエスト》を受けてくれる冒険者や傭兵などもなかなか足を運んでくれない土地なので、ギルド提携酒場の掲示板に依頼書が溢れているんですよ。強い魔獣も多いですし、過酷な環境も多いです。修行にはうってつけだと思います。秋になると秋魔という強力な魔獣が出現しますので、戦力はいくらあっても足りないくらいですし」

「……なるほどな。確かに戦士よりもそちらのほうが、俺向きのようだ。ならば、しばらくはこの地で世話になろう」

「はい。そうしていただけると嬉しいです」

こうして、禿頭のマッチョは引き下がってくれた。

そのことに安堵しながら、ショークリアは改めて応募者を見回す。

「ほかに抗議がある方はいらっしゃいますか？」

そうして、何のかんのと全員分の質問に答えるハメになってしまったショークリアはふと思う。

（あれ……？　男性陣への結果報告って、オレがする必要あったか？　……ザハルのおっちゃんとモーランから丸投げされてね⁇）

そうは言ってもあとの祭り。とりあえず、全員が大なり小なりの納得と理解はしてくれたようなので、お仕事完了である。

（まぁいいか。次は、反対側の離れに行って、女性陣への合否発表だな）

とりあえずこの場での仕事は終えたので、男性たちを見回してから優雅に一礼をした。

「みなさま、この度はご応募ありがとうございました。本日の昼過ぎ頃には、乗り合い馬車の定期便がやってくる予定となっておりますので、ご利用なさりたい方は、その時間までは別邸のお部屋をご利用くださってかまいません。あるいは、この地に留まり戦士以外の形で協力していただける方がいるのであれば、のちほど領都の宿へ紹介状をお書き致しましょう。では、わたしはこれにて失礼させていただきます」

これまで教わってきた通りの、自分でも内心でガッツポーズをとりたくなるくらい完璧だと思われる一礼をして——膝丈スカートなので、少しやりづらかったが——踵《きびす》を返すのだった。


『…………』

『白にとっては、ショコラちゃんの動きは許せない？』

真面目な顔をして人間界を覗き込んでいた白に、青がからかうように声を掛ける。

白は顔をあげると、ゆっくりと首を横に振った。

『規律や規則は大事だ。だが、時として規律や規則が物事の足枷《あしかせ》になるコトも理解している』

『決まりが破られるというコトそのものが嫌いだと思っていたけれど、違うのね』

『……そこは違わないが……規律や規則の存在価値、意味——それらを理解したうえで、それでも譲れないモノのために、自らの勇気を持ってそれを破るという選択を、尊いとは思う。その結果がどうなるとしても、な。私は規律や規則だけでなく、高潔や純粋さなども司っているのだから』

生真面目に返答をしてくる白に、青は少し苦笑を滲ませながらも、優しげに目を細めた。

『ショコラちゃんの所業は、規則や規律をねじ曲げかねないわよ？』

『わかっていて聞くな、青。彼女の行いは一面だけ見れば君の言う通りだ。だがな——規律や規則なんていうものは、時代や状況に合わせて変遷していくものだ。停滞していたあの国の規律や規則の変遷が今この時代より再開し、その中心に彼女がいるというだけだろう』

『そうなんだけど。これは、私の予知や予測にはなかった出来事よ？』

『それを楽しんでいるのだろう君は？　我らが父が言っていたはずだ。運命などというものは、神をも翻弄すると——で、あればだ。彼女がかき回しているのは人間界だけでなく、それを観測している我らをも含めている……そうは思えないか？』

『………』

なぜか目を見開いて動きを止める青に、白は訝しむように眉を顰めた。

『あなた、本当に白？』

『そんなにおかしいコトを言ったか？』

『ショコラちゃんの魂を赤に押しつけられてからこっち、すこし態度が軟化してない？』

『そうなのか？　あまり自覚はないのだが……』

『ま、悪くないわね。私は今のほうが好ましいわ』

『複雑な言葉だが——まぁ褒め言葉として受け取っておこう』

やや憮然としながらそう答え、白は人間界へと視線を戻す。

青も白の横に並んで、人間界を――ショークリアを見遣る。

『今回、かなりの人間がショークリアと関わっているようだが……』

『ええ。未来が変わった者も多いわ……特に女性たちはね。この試験に来た者たちだけじゃないわ。一見、無関係に見える遠い土地の女性も、ね』

『領地を追い出された者たちはどうなんだ？』

『気になるの？　あなたが一番嫌いな存在でしょうに』

『からかうな。その通りではあるがな』

小さく嘆息する白に、青はクスクスと笑ってから答えた。

『……そうねぇ……彼らだけでなく、人間界の未来が少し変わったわ。その結果、良き未来を迎える可能性を得た者もいれば、悪しき未来に変わってしまった者もいる』

『誤魔化すな……彼らは、悪しきほうに変わったのだな？』

『どうかしら？　元々未来は長くなかったのよ彼ら。ただ、その未来の閉ざされ方が変わっただけ。その未来が閉じようとする最後のときに、またショコラちゃんと関わりそうだけど』

『そのときに、彼らの未来が変わるコトは？』

『さぁ？　ショコラちゃんが関わっちゃうと、確実性がなくなっちゃうから。最終的には、ショコラちゃん次第。あるいは、ショコラちゃんと対面する彼ら次第。それ以上のコトは言えないわ』

『楽しそうだな』

『楽しいわ。未来《さき》の予想がアテにならないコトがこんなに楽しいなんてね』

『人間たちが知ったら驚きそうな話だ。未来を見通せる女神は、未来を見通せなくなったコトを喜んでいるなど』

『結局、人も神もない物ねだりが好きだってコトよ。持っていないから持っているコトに憧れるし、持っているから持っていないコトを知りたくなる。だからこそ、人も神も……運命という荒波を、必死に泳ぐんじゃない』

『そういうモノか』

『そういうモノよ』

そこで二人の会話は止まり、しばらくの間——静かに人間界を見守るのだった。

4

無事に女性の雇用もされ、領都各所にコーバンなどの設置も始まった。

クグーロたちから相談された幻夢館《げんむかん》に関してはまだ検討中だが、時間の問題だろうと思われる。

優秀な人材が増えたことで、人手が足りずに停滞していた案件なども進むようになっていき、停滞していた荒涼地帯開発が目に見えて進み出した。

そんなある日の夕食の時間――

「減塩料理も随分と種類が増えたものだな」

「ええ。食材の味を楽しむというのも、良いモノです」

「最初は、食事にしては味が薄いと思ったものだが……」

「馴れると、以前の料理よりも美味しく感じますものね」

両親のやりとりを聞きながら、ショークリアも改善された料理に、舌鼓を打つ。

堅焼きパン――ダエルブは相変わらず固くて水分が欲しくなるものの、強い塩味がなくなり、小麦本来の甘みが味わえるようになっている。まだまだ固めだが、前世のフランスパンにより近い味わいとなった。

そして謎のペースト料理ことエッツァプは、それほど塩味は変わっていないものの、苦みの原因の野菜――ティネミップをペーストする前に、火を通したことで、苦みがだいぶ落ち着いている。

ダエルブの味が落ち着いたおかげでエッツァプをダエルブに塗って食べることが苦痛ではなくなったのは、ショークリアにとって非常に大きな前進だ。気になっていた種のようなモノの味も、ティネミップの苦みが落ち着いた結果、むしろ程よくて良い塩梅に感じられるようになったのも大きい。おかげでエッツァプへの苦手意識は薄れてきた。

ほかにも、塩水ならぬ塩湯の中に野菜が浮かんでいるだけだったスープも、出汁《フォン》という概念をシュガールが理解してくれたおかげで、劇的に改善されている。

茹で汁を捨てられていた理由は、食材の毒素が残っているからという理由だった。

なので、そもそも食材の毒素とは何ぞやというところから、ショークリアが説明したのである。

もちろん、前世でもちゃんと把握していた訳ではないが、ザックリとした説明くらいはできる。

衛生の問題と、食材ごとに持つ特性の話などをしたことで、シュガールは目から何枚も鱗を落としていた。

エッツァプは近いうちにちゃんと改良したいとシュガールは言っていたし、先の女性採用の一環で料理人希望の人も厨房に配属したので、新しい料理や改良なども増えていくことだろう。

「ショークリアとシュガールの発明料理の数々を食べると、今まで食べていた塩花《トルース》料理は何だったのかと思えてくるよね」

そう言って嬉しそうにスープを飲むガノンナッシュを見ると、ショークリアも嬉しくなってくる。

(塩の取りすぎも身体に悪ぃしな。意外と、うちの領民たちの寿命も延びたりしてな)

そんなことを考えながら、食べていると、フォガードが何か思い出したように顔を上げた。

「そうだ。雑談程度で良いから、ガナシュとショコラに聞きたいコトがあったのだった」

「なに？　父上」

兄妹揃って首を傾げると、フォガードは赤ワインのようなお酒——エニーブの果実酒だ——で軽く口を湿した。

「女性戦士団が正式に立ち上げられたコトでな、『戦士団』という呼び方だけだと、男性か女性かの区別ができなくて不便となった。そこで何か良い名でもないかと、そう思ったのだ」

「男性戦士団と女性戦士団の両方とも？」

「うむ」

うなずく父に、ショークリアは尋ねる。

「ちなみに——だけど。男性戦士団の前身となる傭兵団の名前とかはある？」

「あるぞ。伝説上の魔獣とされる存在から消《あやか》っていてな——その名を、鎧鱗の長躯獣《エラクス・ワーム》と言う」

名前を聞いて、ショークリアは胸中で目を輝かせる。

（おおッ、めっちゃカッコいいじゃねーか。何ならそのままいけねぇかな？）

そんな思いのまま、フォガードへと聞いてみた。

「だったら、男性戦士団は、そのまま鎧鱗の長躯獣隊《エラクス・ワーム》というのはどうかな？」

「……なるほど。悪くないな。ザハルたちに聞いてみるとしよう」

「そうなると次は女性戦士団の名前だね」

ガノンナッシュはそう言って首を傾げる。

やして、マスカフォネが口を開いた。

「名前——というわけではないのですが、せっかくの女性戦士団です。ここから世に、女性も強いコトを示していくのでしたら、それを言い表せるような名前が良いのですけれど」

彼女なりに、現在の女性の地位の在り方に思うことがあるのだろう。

少し真面目にそんなことを口にした。

それに、ショークリアは、「はて？」と胸の裡で、首を倒した。

もう少しで何かアイデアが出てきそうなのだ。

（何だっけな。前世のお袋が見てた歴史番組か何かで……。国を傾けるほど美しくも危険な女って特集か何かのときに聞いた単語があったよな……）

玉藻《たまも》の前。カルメン。妲己《だっき》。クレオパトラ。マタ・ハリ。サロメ……。

……その番組で紹介されていた美女たちの名前は思い出せるのに肝心の単語が出てこない。

「ショコラ……どうしたの？　変な顔をして」

どうやら悩んでいるのがバッチリ顔に出ていたようで、ガノンナッシュが不思議そうに顔を覗き込んできた。

「えっと……お母様が言ったような女性を言い表す異国の言葉があったような気がして……こう、喉元まで出掛かってるんだけど……」

右手を水平に伸ばし首の中程を示すと、マスカフォネは微笑む。

「是非、思い出してほしいわ」

「正確には、運命の女性とか、男を誑《たぶら》かす魔性の女とか、そこから転じて国を傾けるほど美しい女性という意味もあった気がするのですけど……」

「まぁ！　ますます思い出してほしいわ」

「国を傾けるというのは、些か不敬のような……」

「本当に傾ける訳ではなく、それだけの価値のある女性という意味なのですから、問題ないのですよ」

顔をひきつらせるフォガードに対して、マスカフォネは優雅に微笑んだ。少しばかり凄みのある笑みな気もするが。

そんな二人の様子を見ているとき、唐突に単語を思い出した。

「あ、そうですッ！　ファム・ファタールですッ！」

「よく思い出しました。では、女性戦士団をファム・ファタール隊と呼称しましょう」

「え？　決定？」

思わず——と言った様子でフォガードが呟くと、それを聞いていたマスカフォネは力強くうなずいた。

「はい。雇い主は便宜上私なのですから、問題はありませんでしょう？」

「……はい」

有無を言わさぬ迫力に、フォガードはどこか情けない姿で返事をする。

普段偉そうで、強そうな父が、母に圧《お》し負ける様子が可笑《おか》しくてショークリアは思わずクスクスと笑う。

横では、ガノンナッシュも笑っている。

（……前世でもこうやって、お袋ともうちょっと笑い合ってりゃ良かったな……）

ふと、そんなことを思う。

もう叶わないことだからこそ、今世ではもっと家族と向き合っていきたい。もっと笑い合っていきたい。

ショークリアがそう思うには充分の光景だった。


女性戦士団長に任命されたサヴァーラは、女子寮代わりに利用させてもらっている別邸の食堂に、団員を集めた。会議室というものがないので、とりあえずここを会議室に使っているのだ。

「全員集まっているようだな」

女性戦士団の発足というのには驚かされたが、その理由を聞かされると納得することも多い。

そして、自分も含めた団員たちは、この女性戦士団にやりがいも感じている。

多少給金は低い――とはいえほかの領地における男女の給金差を考えれば、それなりにもらえているといえる金額だ――ものの、女性ではなく一人の戦士として扱ってもらえることが非常に嬉しいのだ。

これは戦士だけでなく、戦士以外で雇用された女性たちも言っていた。

とりわけ、同僚だからという意味のわからない理由で、夢を重ねようとしてくる男がいないというだけで、とても居心地が良く快適な領地なのだ。

「この領地には元々、戦士団があり――そちらが男性戦士団となった。そして我々が女性戦士団と呼ばれているわけだが……総じてどちらも戦士団のため、わかりやすくするように個別の名称を付けるコトとなったそうだ」

ここまで口にすると、集まった全員が、その理由に納得したような顔をする。

「男性戦士団は、前身となる傭兵団時代の名称から取り、鎧鱗の長躯獣隊となる。そして我々女性戦士団を、ファム・ファタール隊とするそうだ」

「団長。その、ファム・ファタールというのはどういう意味なのでしょうか?」

聞き慣れない単語だ。その質問が来るのもわかる。

「遠い異国の言葉で、運命の女。男を破滅させる魔性の女。転じて国を傾ける程の美しい女……などを意味するらしい。言い換えれば悪女かもしれないが……考えようによって、女性の在り方を変えていくキッカケとなる女という意味にも捉えられるだろう? そういうところから、雇い主である奥様は、強い女という意味を込めて、この名前にしたそうだ」

そう口にしてやれば、団員たちから笑みがこぼれた。

「男を破滅させるってのもイイネ。まぁアタシたちがもたらす破滅は、美貌じゃなくて腕力が大半になりそうだけどサ!」

誰ともなくそう声を上げると、みんなが一斉に笑い声をあげる。

そんな笑い声のなか、サヴァーラはやる気に満ちた笑みとともに高らかに告げた。

「もうすぐ秋になる。秋が来れば秋魔《しゅうま》と呼ばれる強力な魔獣が出ると聞く。与えられた任務から逸脱しない範囲で、我らファム・ファタール隊の価値を、世間に認めさせていくとしようッ！」

サヴァーラのあげた声に、食堂にいた女性たち全員が――

「応ッ!!」

――やる気と気合いに満ちた声で応じるのだった。


女性のみの領衛戦士団ファム・ファタール隊が正式に誕生してから、二週間ほど経った。

女性戦士団の団長はサヴァーラ・リアン・ババオロム。

毛先に向かうにつれ、白くなる赤髪の女性だ。

元騎士であるが、騎士団での女性の在り方に疑問を感じ退団。それがきっかけで実家からは疎まれてしまったはみ出し者だった。

そのあとは冒険者や傭兵などをしながら、一人で何とか生きてきたのだが――

(人生というのは、何が起こるかわからないものだな)

そう思いながら制服に着替えて、部屋を出る。

女性向けの戦士団寮ができるまでは――と指定された場所は、領主一家の屋敷の別邸だった。

長らく無縁となっていた豪華な家に気後れしなかったといえば嘘になる。

【4】


だが、同時に相応の扱いをしてもらえるのだという実感が湧くものでもあった。

「おはよう。サヴァーラ」

「ああ。おはよう。カロマ」

部屋を出たところで声を掛けてきたのは、カロマ・リムン・パンジャン。

サヴァーラとともにファム・ファタール隊の副団長を命じられた人物だ。

先の採用試験で出会うまで面識がなかった女性ではあるが、自分と同じく中央騎士団に所属していたらしい。

だが、サヴァーラと似たような理由で退団。やはり実家から絶縁状を叩きつけられてしまい、一人で生きてきたと言っていた。

シャインバルーンと戦う際に、真っ先に補佐を買って出てくれた人物でもある。

明るい薄桃色の髪に、薄黄緑色の瞳をした美人で、その色合い通りに明るいノリの話しやすい人物だ。長めの髪を後ろで束ねており、それが歩くのにあわせて尻尾のように揺れている。

「ふふっ」

「どうした?」

「ここのご飯、美味しいから、朝食が楽しみだなって」

「確かにな。最初はなんて薄味なんだと思ったが」

「本当に。楽しみ方がわかったら、とても美味しく感じるようになったわ」

この領地独特の減塩料理というものに、最初は驚いたのは確かだ。

だが、サヴァーラやカロマだけでなく、この別邸で寝起きをしている者はみな、今はそれを楽しみにしていた。

「それに、お嬢様の話では、過剰に塩花を食べるのは良くないそうだしね」

最初に減塩料理を振る舞われたとき、サヴァーラたちの反応はあまりよろしくはなかった。

そのとき、食堂に様子を見に来ていたショークリアが説明してくれたのを思い出す。

「言っていたな。激しい運動をするのならある程度はむしろ必須だが、それでも摂取しすぎるのは危険であると」

「のどが渇きやすくなる他に、身体のむくみ、ダルさ、あと骨が弱くなる──だったかしら？」

「血管が破裂しやすくなるらしいぞ。若いうちはともかく、年老いてからは、さらにその危険性が高まるらしいとも言っていた」

話を聞いたとき、それだけの情報を独自に見つけていながら、どうしてこの領地は中央に報告しないのだろうか──と、サヴァーラは疑問に思った。

だが、報告しないのではなく、今はまだできないのだろうと結論づけた。恐らくは聞き入れてもらえないのだろう。

今のキーチン領では、力が足りないのだ。中央に進言したところで、木っ端の意見だとして切り捨てられる。

ましてや塩花は、ニーダング王国の大きな利益となっている商材だ。それを危険などと口にすれば、叛逆《はんぎゃく》の意でもあるのかと疑われかねない。

「領主一家はみな減塩料理を楽しんでいる。それに奥様の話では、確かに身体がむくみにくくなった気がするとも言っていた」

「それ、奥様の気のせいなんかじゃないわよ。ここで過ごしているうちに、アタシも日々の身体のキレが良くなってる気がするもの」

「奇遇だな。私にも心当たりはある」

美味しい上に、身体に良いというのは非常にありがたい。

そして、そんな美味しい料理をこの別邸で担当しているのが、採用試験のときにサヴァーラとカロマが助けた女性シャッハ・ニーキッツだ。

シャッハは食事の時間以外、本邸の厨房長シュガールのもとで勉強をし、食事の時間になるとこの別邸で、ファム・ファタール隊の食事を作る。

そのシュガールのもとで勉強することもまた勤務の一環とされているので、少ないながらも給金が出ているそうだ。

勉強中の身なのにお金をもらっていることに、後ろめたさがあると言っていたシャッハだったが

――


「いずれシュガールに並ぶ料理人となり、領地に貢献してくれるのであれば、この程度の給金など安いものだ。君の未来にそれだけの価値があるのだと思ってくれ。そして可能であれば、その未来の価値に賭けた私を、未来で儲けさせてくれるとありがたい。そのためにも精進をしてくれたまえ」

――そんな言葉を領主フォガードより賜ったらしい。

その話を聞いたとき、サヴァーラとカロマは言葉を失った。

いや、二人だけではない。その話を食堂で聞いていた皆が、言葉を失ったのだ。中には涙を流している者もいたかもしれない。

「ここで働いてしまうと、どんな給金が良かろうと余所で働けなくなりそうなのよね」

「同感だ」

英雄に押しつけられた不毛の土地。

管理が難しく、開拓の難易度が高いうえに、仲の悪い国との国境と隣接しており、未開の森すら近くに存在する。

それでも、この領地は領都を町と言えるくらいに発展させている。

そしてファム・ファタール隊のような大規模な雇用をした。

戦士以外にも女性たちを大量雇用していたことから、即戦力が欲しいのだというのは理解できる。

そこから判断するに、近いうちに大規模な開拓事業でも行うのだろう。

戦士や文官などの数が倍になれば、片方が開拓事業に従事していても、今現在の基本業務は回るはずだ。

「優秀な女性を大量雇用するコトで即戦力を補充。同時に、娘たちの将来を見据えた意識改革の足がかりとする……か。フォガード殿はやり手のようだな」

「ほんと、中央で言われていた噂なんてアテにならないわね。無能な貧乏領主。近いうちに音を上げる――貧乏以外大嘘も良いとこよ」

「その貧乏も、こんな領地でなら仕方がない話だ。それでも細々と塩や鉱石を採取し、魔獣の素材などを売り、やりくりしてきていたのだろう」

そういう泥臭い努力を嘲笑いたいだけの貴族というのは、実際に中央にいる。

サヴァーラとカロマも、そういう者に笑われてきた口だ。

もっと言えば、二人は家族もそうだったと言える。

「仕事は楽しいし、待遇のおかげでやる気も出る」

「実家を見返すとしましょう。領地《ここ》の発展に貢献するという形で」

そんな気力を滾《たぎ》らせながら、二人は食堂の扉に手をかけるのだった。


【4】


ファム・ファタール隊が正式に運用開始され三週間ほど経ち、季節的にはもう晩夏。

町だけでなく街道の一部にもコーバンが設置された。

領都のコーバンには、当初の予定通り女性戦士を常駐させる形となったが、町の外は男だけだ。

人目の多い町の中のコーバンは男女共同でも問題ないだろう。だが、監視の目の少ない町の外では、信用ある領衛戦士だろうと、男としては信用できないとザハルたちが団員を判断したのである。

今のところはうまく回っているようだし、領民からの評判も悪くない。

何より困ったことを陳情するのに、いちいち領主の館まで赴く必要がなくなったことや、住民同士の些細な諍《いさか》いの相談などがしやすくなったという声も聞く。

また、ただ町の中を歩き回るガラの悪い領衛兵と思われていた戦士たちも、住民の相談を受けるなどをして活躍することで、そのマイナスイメージも徐々に払拭されていっているそうだ。

自分の想定以上に上手くいっていることに若干ビビりながら、ショークリアが日々を過ごしていると、父からの呼び出しがあり、執務室へと赴く。

「両戦士団からの数人が、少し遠征に出る。秋魔の発生予定地の視察が目的だ。ガナシュは何度か参加しているので今回は見送りだが、そのかわりにお前を連れていくように頼むつもりだ――行くか？」

野宿をしながらの往復四日の日程だそうだ。

ふつうの少女ならためらったかもしれないが、そこはショークリア。

「楽しそうですね。是非！」

笑顔を浮かべ、二つ返事で了承するのだった。

そんな経緯で、今は第一休憩点と呼ばれる場所で、ショークリアはキャンプをしている。

ここは開拓団が海岸へ向かうときに使う『名もなき街道』と呼ばれる道の終着点でもあり、比較的魔獣が少なく安全な場所だ。

ちなみに、この休憩点より先の道を『荒涼の踏《ふ》み痕《あと》』という。

そういった二つの道の中間地点であるこの場所には、簡易的な小屋が建ててある。開拓団や戦士

【4】


団が遠征時に利用するために、建てられたものだ。

寝泊まりできるような小屋ではないが、中にテントやちょっとしたロープなどが置いてあるのだ。

小屋のそばには、焚き火がしやすいように石積みが作ってあり、小屋の中のテントを借りるなどすれば、ここで一夜明かせるようになっている。

誰が始めたのかは知らないが、不思議な道具箱と名付けられた箱も設置されていて、中の道具は持ち出し可能ながら、持ち出す際は手持ちの何かを代わりに箱へ入れる必要があるのだとか。

これが意外と便利なため、開拓団や戦士団は利用しているという。

いずれはこの地にもコーバンを設置したいと、フォガードとザハルは考えているようだ。

そんな第一休憩点までやってきたメンバーは、男性戦士団《エクラス・ワーム》からはモーランとクグーロ。

女性戦士団《ファム・ファタール》からはサヴァーラとカロマ。

そして、ショークリアを加えた五人である。

さておき、このキャンプ地。

北側には、『ダイリの大岩』と呼ばれる前世のエアーズロック《ウルル》を思わせる巨大な一枚岩が見える。

領都からも何となくは見えるのだが、近づいてみると、その大きさと迫力は凄まじく、それだけでショークリアは興奮してしまいそうになるほどだ。

頂上がどうなっているのかは、まだ誰も見たことがないらしいが、岩の周囲には、かつてこの地で生活していた者たちの名残《なごり》のようなものもあるらしい。恐らくは頂上に行くための何らかの方法もあるだろうと、モーランは教えてくれた。

「どうしてそれを調べないの？」

何となく尋ねると、クグーロは苦笑する。

「人手が足りないんでさぁ。あとは、開拓を優先してるんで、調査に手を割《さ》けないいってのもありましてね」

「あ、なるほど」

歴史を知るうえでは重要かもしれないが、領地の開拓や財政の問題を思えばどうしても後回しにせざるえないのだろう。

「ところで、今更ですが、聞いてもいいですか？」

ダイリの大岩に関しての話が一段落したところで、カロマがそう口を開く。

「どうしたの？」

雰囲気としてはモーランとクグーロへの問いのようだが、一応ショークリアが代表してそう問うた。

「実は、秋魔という……魔獣？　のコト、アタシはよく知らないのですけど」

「あ、わたしもよく知らないわ」

カロマの疑問に、ショークリアも一緒になって首を傾げる。

「サヴァーラは知ってる？」

ふと思い、ショークリアが尋ねると、彼女は曖昧な様子でうなずいた。

「言葉のうえでは――ですが。秋魔というのは、特定の魔獣を指すのではなく、秋になると現れる異常個体のコト……程度は」

「サヴァーラの言う通りです。うちの国――ニーダング王国には、キーチン領の秋魔しか出現しませんが、世界中を見れば、春、夏、秋、冬のそれぞれに発生する異常個体の存在があります。それぞれ、春魔《しゅんま》、夏魔《げま》、秋魔《しゅうま》、冬魔《とうま》と言い――総称として、季変魔《きへんま》と呼ばれたりもしますね」

モーランが言うには、季変魔が出現するのは、魔力源泉《カラーパレット》と呼ばれる場所の影響が強いのではないか――という仮説があるらしい。

スカーバという世界そのものが内包する魔力《カラー》が零《こぼ》れ出す場所だそうで、一定周期でその場所から零れ落ちる魔力に変化が起こる。その変化のタイミングが、季節の変化のタイミングと重なる場所で、季変魔は発生するそうだ。

「あくまで仮説ですが、心当たりはあるんですよ。今回の遠征で向かう場所も、魔力源泉の近くです。そして、秋魔が発生しやすい場所の一つです」

他にももう一カ所、秋魔が発生しやすいスポットがあるらしく、そこも近くに魔力源泉があるらしい。

「なら……秋魔って毎年違う魔獣？」

「基本的にはそうだ。偶然によって連続して同じ魔獣のときもあるがな」

「対処法が一定でないのは厄介ですね一」

そう言うカロマは、気楽な口調ながら表情は真剣だ。

「秋魔は年に一回。一匹しか出現しない。どんな種類の秋魔であれ、倒してしまえば後はラクなんすけど――どれだけ苦戦しようとも終われば通常業務が待っているんでさぁ」

クグーロの苦い笑いとともに漏らされた言葉に、サヴァーラとカロマも同じような顔をする。

「だから女性戦士団《ファム・ファタール》の設立は、心の底から助かるんでさぁ」

「期待されているなら応えないとな」

「討伐であれお留守番であれ、ちゃんとお仕事するから安心してね」

サヴァーラとカロマの頼もしい言葉に、モーランとクグーロが本当に安堵したような顔をした。

「まぁ、時々発生しない年もある。今年がその年であれ――と、毎年祈っているのだがな」

「今年は秋魔が出ても多少はラクできそうっすね」

二人のそのやりとりだけで、これまでどれだけ苦労してきたのかがわかるほど、何かがにじみ出てきていた。


翌日――

モーランたちが『荒涼の踏み痕』と呼んでいる道を歩く。

第一休憩点から延びるこの道は、領都とこの先にあるオイリオール海岸を往復している開拓者たちによって踏み固められて生まれた道だそうだ。

人手の問題もあって、最近は海岸への派遣が控えられていたが、有能な女性の雇用もあり、そろそろ再開が考えられているらしい。

そんな荒涼の踏み痕を三分の一ほど進んだあたりで、道から外れて北上する。

向かうのはダイリの大岩の麓《ふもと》だ。ダイリの大岩の北西辺りから、南西にかけてに大岩の近辺を囲うように森が広がっている。『ダイリの褐色地』と呼ばれるその森は、草木も花も、そこに生息する生き物や岩までもが、褐色のものばかりという変わった土地だ。

ダイリの大岩の東側は少し凹んだような形をしており、褐色地の中にあるその凹みの中心辺りに、魔力源泉があるとか。

そんな場所を目指して歩いていると、やがて褐色の木々が密集しているのが見えてきた。

モーランとクグーロが迷うことなく向かっていく先は、杭が二本刺さっている場所だ。

その杭の間をよく見ると、獣道のようなものが奥へ延びているのが見える。

恐らくは秋魔調査のために使える獣道と、その道をすぐに見つけるための目印なのだろう。

「本当に何もかもが褐色な森なのね」

「枯れているワケではないのか」

「年がら年中こんな色してるってなんか不思議……」

女性陣がそれぞれに感嘆をあげていると、クグーロが後ろ頭を掻きながら、言った。

「そういえば馴れちまって麻痺してたっすけど、珍しい光景ですもんねぇ……」

「そうだな。馴れるといつも通りの褐色の森にしか見えないが……」

この光景がいつも通りというのは、異常なのだが、その辺りが本人たちの言う通り、麻痺してしまっているのだろう。

「人を襲う魔獣も少なからず出ます。嬢は余計な動きをしないように」

「うん」

モーランに刺される釘に、ショークリアは素直にうなずいた。

ここで余計な動きをしてモーランとクグーロの邪魔をするのは、結果として自分の首を絞めかねないというのを理解できているからだ。

（ここへきてガチの異世界冒険って感じだなッ！　めっちゃテンションあがってくるぜッ!!　褐色地の入り口とか、めっちゃＲＰＧにでてくる森系ダンジョンの入り口とかに見えるしよッ！）

とはいえ、高揚感は抑えきれそうにない。

ショークリアはワクワクしながら、褐色地へと足を踏み入れていくのだった。


この森――ダイリの褐色地では、褐色の草木の他に、大きな岩がゴロゴロと転がっている。

「話ではダイリの大岩の欠片《かけら》らしいですぜ」

クグーロの話に、女性陣は驚いた顔を見せた。一見すると、ただの岩なのだ。それがまさか、この大岩の欠片だとは思わなかった。

だが、言われて見れば確かに数が多い。かつて砕けた大岩の欠片なのだと言われると納得もできる。

獣道にしては歩きやすい不思議な道を歩きながら、ショークリアはキョロキョロと周囲を見回す。

その歩きやすさに違和感を覚えたのかカロマが尋ねる。

「モーランさん。妙に歩きやすいですけど、これ獣道……なんですよね？」

「わからない。初めて来たときから、歩きやすい獣道ではあった。恐らくはこの辺りで暮らしていた先住民の通り道なのだろうとは言われているんだがな」

「元から森にあったのか、森に飲まれたのか——どっちであれ、便利なんで使わせてもらうでさぁな」

カロマの問いに、モーランとクグーロが答えてくれるが、結局のところ真相はわからない。

ただ、この道を基準にした褐色地の地図は一度作っているそうで、必要であれば領都で写しておくと良いと、サヴァーラとカロマへモーランが助言する。

二人が見ている地図もそれぞれが用意してきたものだそうだ。

しばらく歩いていると、茂みからガサリと音が聞こえてきて、全員が身構えた。

そこから飛び出してきたのは、褐色ウサギだ。

シベリアン・ハスキーくらいのサイズはある大きなウサギである。

（おおッ⁉　モフモフ感あるな！）

身構える戦士たちの横で、わりとのんきな感想を抱くショークリア。

顔が凶悪なのを除けば、思わず抱きしめたくなるようなふんわり感のあるウサギなのだ。

「力強い前歯と、強靱な後ろ足による蹴りに気をつけろッ！　どちらも当たりどころが悪ければ死ぬぞッ！」

腰に帯びていた二本の短剣のうち片方だけを引き抜きながら、モーランが警告を発す。

ショークリアも腰の背中側に横向きで佩いていた剣を、右手でもって逆手に引き抜いた。

その様子に、カロマが少し首を傾げる。

「お嬢様、実戦だと逆手持ちなんですね」

「あー……あまり意識してなかったけど、そーかも」

言われてみれば訓練の時はちゃんと順手で握っているが、チンピラたちと戦ったときや、今この瞬間などは無意識に逆手持ちをしている。

「えーっと——訓練のときは基礎を基準にやってるんだから、そこはちゃんと基礎にあわせて構えるのがふつうじゃないかなって」

思いつきではあるが、自分の中でそういう線引きなどもあるのかもしれない。

「お嬢様、カロマ。そこまで。来ます」

「……正面だけじゃなくて、後ろからも来てるッ、サヴァーラ！」

「モーラン殿とクグーロ殿は正面をッ！　私とカロマは背後を対処しますッ！」

「了解した。頼むッ！」

そうして戦士たちが二手に別れ、正面と背面からやってくる褐色ウサギと戦闘を開始した。

（……オレも何かしてぇ……ッ！）

そうはいっても、迂闊に動いて四人の邪魔をするのはよろしくないことは理解している。

モーランとクグーロは褐色ウサギとの戦いに馴れているのか、アイコンタクトだけで連携して攻撃をしていた。

試験で初めて出会ったサヴァーラとカロマだったが、モーランとクグーロに負けずとも劣らない連携で戦っている。

褐色ウサギとの戦闘は初めてのようだが、似たような魔獣との戦闘経験はあるのだろう。

飛びかかってくる褐色ウサギに慌てることなく、攻撃を繰り返していた。

（この二人……王国中央の騎士団に所属してたんだよな……？　こんだけの腕があって、そんなすげぇとこに入団してんのに、やめて何でも屋しながら食いつないで、うちの領地にまで流れてくるってのは、どういうコトなんだって感じだよ……）

騎士団を辞めると同時に、実家からも縁を切られたとも言っていた。

（何か、納得いかねぇ話だな）

結果として、キーチン領が得しているとはいえ――どこか筋の通らなさのようなものを感じて、
ショークリアはもやもやする。

「ふむ。なんとかなったな」

「大ウサギなんてラクショー……って思ったけど、ちょっと想定より手強かったわね」

口ではそう言っているものの、サヴァーラもカロマもまだ余裕がありそうだ。

「そちらも倒したか」

短剣に付いた血を払い、鞘へと戻しながらモーランが尋ねると、サヴァーラがうなずいた。

「ああ。シャインバルーンがこの辺りで最弱というコトを思い出させるような強さのウサギだった」

「単純な戦闘力だけなら、褐色地最弱はこの褐色ウサギなんで、二人とも――いや、お嬢含めて三人とも油断はしねぇでくだせぇ」

クグーロの言葉に、女性陣は首肯《しゅこう》する。

「褐色ウサギは食料としても悪くないんですがね」

「うーん、ちょっと大きすぎるよね」

肉は意外とイケるらしいと知りショークリアは一度目を輝かせるも、目的を思い出し、肩を落とした。

「とりあえず、適当な茂みに放り込んで先に行くとしましょう。血の臭いでもっと厄介なのが寄ってくるかもしれないんで、すぐにここから離れます」

モーランに言われて、ショークリアは渋々うなずく。

目的は秋魔に関する視察であり、肉の確保ではないのだ。


少し進んだところで、カロマがモーランに尋ねる。

「ウサギの血の臭いに釣られる厄介者ってどんな魔獣なの？」

「ん？　褐色熊という大型の熊だ。単純に手強い」

「熊型の魔獣はどれもこれも手強いが……ここも例に漏れないのか」

「そういうコトだ」

（熊がやべぇってのは前世と同じなのかもな）

そんなことを思いつつ、ショークリアはモーランに尋ねる。

「ウサギや熊以外には、どんな魔獣がいるの？」

「わりとふつうの森と同じですよ。褐色ジカに、褐色ボア、褐色コウモリ、褐色オオカミ……辺りですかね。あとは、褐色大グモもいましたが、こいつは滅多に遭遇しないですね」

「……ウサギ、熊、シカ、ボア……」

モーランがあげてくれた魔獣のうち、ショークリアは自分の中に引っかかった魔獣だけを繰り返すように口にする。

ボアというのは自宅の図書室にあった本で見た記憶がある。比較的全国に生息するイノシシのような魔獣だ。

狩猟が盛んな土地では、食肉として重用されることが多いのだとか。

「お嬢、コウモリやオオカミ、大グモは無視ですかい？」

「え？　コウモリやオオカミって食べれるの？　大グモは食べる土地もあると聞くけど、わたしはちょっと……」

「食用大前提ッ⁉」

繰り返した魔獣が全てではなかったことに疑問を覚えたモーランに、ショークリアは真顔で返すと、それを聞いていたクグーロ、サヴァーラ、カロマは笑い声をあげた。

「お嬢は、食事に対する好奇心がすごいでさぁな」

「そのおかげで、減塩料理なんてものを発案したのでしょう？」

「おうよ。馴れちまうと、もうふつうの塩花料理には戻れねぇでしょう？」

クグーロの茶目っ気の効いた言葉に、サヴァーラとカロマはうなずく。

「それに何よりサヴァランよ！　中央で食べてたお砂糖の塊のようなお菓子も目じゃないほど美味しかった！」

よっぽど気に入ったのか、サヴァランについて口にするカロマの目は輝いている。

「同感だ。訓練や仕事のあとに食べるのは格別だな、アレは」

サヴァーラからも好評のようで、ショークリアは内心でガッツポーズをとった。

これだけみんなに受け入れて貰えたのはとても嬉しいことだ。

「嬢とシュガールが作り出す数々の料理は、これまで食べていたただ塩辛いだけ、ただ甘いだけの料理へ戻れなくなるのは確かだ」

モーランも、気に入ってくれているらしい。

「……そう考えると、ここで食肉を手に入れておくのは、いずれの食卓の彩りになるのか……？」

ふと、そう呟いてモーランが足を止めた。

それを聞いていたショークリア以外の面々も足を止める。

「ところで、嬢。ウサギとボアはともかく、シカと熊は食べられるんで？」

「本で読んだコトはあるわ。シカはともかく、熊は臭みとクセが強いから万人受けはしないみたいだけど」

前世の母親の突然の奇行を思い出しながら、ショークリアはそう答えた。

「嬢は、それぞれの肉の処理の仕方を……？」

「一応……本での知識の上なら？」

その当時——母が横になって漫画を読んでいたと思ったら、急にフライドベアが食べたいとか言い出して、ジビエ取扱店に連行されたのも、今となっては良い思い出だ。

挙げ句の果てに、フライドベアの試作に延々つきあわされた記憶もある。

最終的には母親が途中で飽きて、とはいえ買ってきた熊肉を無駄にしたくはなかった醍醐は、一人で試行錯誤をしていたのだが——

（……ロクな記憶じゃねぇ気がしてきた……）

ちなみに、最後の最後に完成したモノの味は悪くはなかった。母親も喜んでいた気がする。

とにかく下処理と臭み消しがシンドかった記憶は強く残っているが、そのおかげで、今世でも必要とあればその作業を手早くできる自信がある。

そんな思い出をぼんやりと思い返していると、大人たちは何やら真顔で話を始めていた。

「肉の鮮度を考えるなら、第一休憩点を村などにするのが一番か。そこに食堂をつくり、褐色肉専門店というのはどうだろうか」

「悪くない、が——それだと、我々が本格的に食せるのはいつになるか……」

「常時食べられるようにするのは悪くないでさぁ……ただ、褐色魔獣はこの森にしかいねぇんで、食べ過ぎて絶滅させるようなのはゴメンでしょう？」

「そうかその危険もあるじゃない。なら、やっぱこの森近辺でしか食べられない特産物という方向が良い気がする」

どうにも、食べる気満々になっているようだった。

「秋魔を考えると、第一休憩点を村にするのは、危険が大きいんじゃないかしら？」

それでも一応――ショークリアはそんなことを口にしてみるが――

「確かに……お嬢の考えも一理ありますさぁな」

「それならそれで、その村には大きなコーバンを設置しておけば良いのではないか？　秋限定の秋魔討伐本部のような形で運用する」

「それよサヴァーラ！　むしろ遠征する必要なくなるじゃない！」

「悪くないな。その案、持ち帰って旦那に提案してみよう」

（……あ、ダメだこれ。数年のうちに村が生まれて、そこで料理させられそうな気がしてきた）

「ところでモーラン、クグーロ。この森の植物ってどうなの？　食べられる木の実やキノコとか」

いろいろと諦めたショークリアは、好奇心に任せてそんな問いをする。

それに、二人は以前に来たときのことを思い出しながら答えた。

「そういえば……色みのせいで考えたコトもなかったですが、いろいろとあるかもしれませんね」

「初回探索のとき、団長が何か木の実を口にして腹下したってコトあったじゃねぇですか。あれ以降は、みんな控えちまってましたからね」

「そういえばあったな。そんなコトも」

そんな風に、褐色地での食べられそうなものの話題に盛り上がりながら、一行は森の深部へ向かっていく。

【4】


褐色ウサギに遭遇した以降は、特に魔獣と遭遇することもなく、一行は奥へと進んでいった。

「ふと視界に入る虫や花でさえ褐色で、ちょっと色彩感覚が狂っちゃいそう」

「実際、この森を探索した後で外に出ると、少しフラつくコトがありますよ」

ショークリアがこぼした言葉に、モーランが肩を竦める。

褐色以外の色彩を持っているのは自分たちだけなのだ。多少の濃淡、僅かな黒や白程度ならあるものの、本当にそれだけだ。

(昔の携帯ゲーム機の世界とかこんな感じなのかもな)

当時のゲームのアーカイブをダウンロードして遊んだ記憶を思いだしながら、ショークリアが周囲を見渡す。

「この森の調査とかはしたの？」

「そこまでしっかりとは……何かあります？」

「んー……森全体が同じ色でちゃんと把握できないけど、いろいろありそうかなぁって」

実際、前世で見覚えのある形状の葉や花がある。異世界ゆえに同じ植物だとは限らないが、確認してみたくなった。

「お？」

褐色地の奥地へと足を進めながら周囲を見回していると、思わず声が漏れるほど、嬉しい花を見つけた。ふらふらと、その花のもとへと近寄っていく。

大きく縦長で内向きに少し丸まっている葉。その葉っぱの葉柄《ようへい》は長く、ほぼ茎と一体化しているようで、托葉《たくよう》と一緒に地面から出ているように見える。

そんな葉に囲まれた中央付近には、花にも見える包葉《ほうよう》が連なったものがあった。

一番背の高い葉は、モーランやクグーロのような成人男性近くにまでのぼり、それらに囲まれた包葉ですらショークリアの身長よりも高い——背の低い成人女性くらいの高さの植物だ。

（……この葉や花の形……褐色になっちまっているが、恐らくはショウガ系だよな。秋ウコン《ターメリック》だとありがてぇんだが……）

托葉から花が溢れるように咲いてはないので、ショウガよりもウコンに近い種だとは思うが、どうにも判断が付かない。

それに、一番重要である根っこを収穫しようにも、収穫時期は地上の花や葉が枯れてからだ。

「お嬢様、その花が何か？」

「うーん……もしかしたら食用にも薬用にもなるモノかもなんだけど、色が褐色なせいで、判断が難しくて……」

サヴァーラの問いにそう答えると、彼女は理解したようにうなずいた。

（地球のターメリックに近いモンならありがたいんだよな。アレにあの色を付けるにゃ、必須だしよ）

それに、毎日の食卓で気が付いたことが最近ある。

エッツァプの塩気が落ち着いてから、その中に入っている種のようなモノの正体がクミンに近いものだとわかったのだ。

だからこそ、ショークリアはターメリックを欲していた。

（クミンにターメリック……この二つが確実に手に入るなら、本格的にアレを作る希望が見えるんだが）

「お嬢、そんな重要な植物なんスかい？」

「重要よッ！　個人的には、これを含めた複数のスパイスを組み合わせた複雑な料理を作りたいと思ってるんだからッ！」

クグーロの言葉に、胸を張って答える。

「完成した暁には、この領地の名物料理になるコト請け合いだからねッ！」

上手く完成したならば、色んな人を魅了することだろう。そのくらいアレの味には自信がある。

「胸は張るのはいいが、嬢。まだそれが探している植物かどうかはわからないのだろう？」

「……うん、まぁ……」

「収穫すればいいのではないのです？」

カロマの問いに、ショークリアは首を横に振った。

「基本的には地上部分が枯れてから根っこを収穫する植物だから」

そう答えると、クグーロが目を瞬き、ショークリアが立っているすぐそばの別の植物を指した。

「そっちは違うんですかい？」

「え？」

言われて、そちらを見れば確かに枯れたものがある。

「嬢、収穫の仕方を教えてください。自分がとりましょう」

「お芋みたいな太めの根が出てくると思うから、周囲を掘ってゆっくり引き抜いて貰っていい？」

「了解です」

「上の葉っぱや花は切っちゃっていいわ」

「はい」

邪魔な枯れ葉を切り取って、握れる程度に残す。

それから周囲の土を、根を傷つけないように手早く丁寧に掘っていき、ゆっくりと引き抜く。

出てきたのは、奇妙な形の塊とそこから無数に延びる細い根の集まり。

「これでいいですか？」

簡単な指示だけなのに、ささっと完璧な仕事をしてくれるモーランも、なかなか優秀な人だ。

「ありがとう。それと、ナイフとかある？」

「これを」

「うん。ありがとう」

果物ナイフのようなものをモーランから受け取って、邪魔な葉や細い根を払っていく。

そうしてようやく、ショークリアにとって見覚えのある形になった。

細かい根を切り落とした時に仄かに漂ってきた香りは間違いなくターメリックのものだ。

「切っちゃうと保存は利かなくなっちゃうけど……」

中身を確認するのは大事なことだ。ナイフで半分に切ると、その断面は黄金に輝いている。

「うわ……想定よりもずっとすごい色……」

前世では金に近い黄色だったのだが、これは本当に金色に見えるのだ。

「すっげー……お嬢、よくそれを食べれるって知ってましたね？」

「ふつうはそのまま食べるものでもないのだけれど……」

クグーロの感想にそう返しつつ、舌をチロっと出して断面を舐めた。そして、思わず顔をしかめる。

「お嬢様？」

「……覚悟してたけど、苦いわ。しかも辛みもある……」

「毒が？」

慌てた様子のみんなに問題ないと首を横に振る。

「でも、求めてた味なのは確かだよ。これはね。塩花《トルース》みたいに乾燥させ、砕いたりすりつぶしたりして使うのがメインだから」

(そういや、前世のお袋が新鮮な奴を酒に漬け込んでたな……。でも梅酒と同じでホワイトリカーに氷砂糖みてぇのいっぱいでやったからなぁ……ターメリック酒をオヤジに作ってやりたかったが、今の手札でやるには、ちと難しいか)

ほかの方法もあるかもしれないので、ちゃんと収穫したらいろいろと試してみるとしよう。

ともあれ、この褐色地にくればターメリックが手に入るのはわかった。それが一番の収穫だ。

切って舐めたものをそのまま持ち運ぶつもりもないので、掘り起こしたあたりへと放り投げる。

食べ物を無駄にするのは良くないとは思うが、だからと言って持って歩いても邪魔になるだけだ。ここは仕方ないと割り切った。

「今度ちゃんと採りに来ようっと」

「そうしてくれると助かります。ともあれ、嬢が欲しいものだったのは幸いですね。そういえば、なんて植物なんです？」

「えーっと……」

少しだけ悩んで、ショークリアはその植物の名前を口にする。

「わたしが読んだ本にはターメリックって書いてあったかな」

「ターメリック、ですね。帰ったあとで旦那に報告しても？」

「うん」

うなずいて、ショークリアは周囲を見回す。

自分のせいでみんなの足止めをしてしまったのはよろしくなかった。

「この森は探せばもっといろいろありそうだけど……まずは秋魔の発生予定地の視察を続けないとね。余計なコトをしちゃってごめんなさい」

もしかしたら、この森で必要なスパイスが全部揃うかもしれない——そんなことを思いながらも、ショークリアは一礼して、先へ進むことにした。

この褐色地に咲く花の一つを見て、お嬢様がふらふらと近づいていくのを慌てて追いかけたサヴァーラ。

そこからのお嬢様の行動は子供らしさと子供らしくなさが同居した奇妙なものだった。

植物を見つめる姿は好奇心旺盛な子供にも見えたのだが、その花がどうかしたのかと問いかけた際の返答は、子供らしくない。気になった理由は食用や薬用に使えるかもしれないから——というものなのだ。

モーランとクグーロは馴れた様子でお嬢様と話をしていたが、横で聞いていたサヴァーラとカロマは驚くばかりだった。

「試験の時点で思ってたけど、お嬢様すごいわねぇ……」

「ああ。好奇心旺盛ながら、その好奇心は、領地のためになるかどうかという部分までちゃんと考えているようだ」

今し方見つけたターメリックを使った料理を、やがてこの領地の名物にしたい。そういう気概が見えるし、食べる前から名物になるだけの可能性を秘めていると信じている。

その思考や物の見方は、領主や商人などを思わせる。

幅広い知識や見識を、ただ秘めておくのではなく、どう使えば自分や領地の役に立つのか。それを考えて知識を使う様子は、とても子供には思えない。

「だからこそ旦那様は、我々女の雇用を考えたのだろうな」

「そうね。アレを見ちゃうと女って理由だけで、お嬢様が切り捨てられるような行為が勿体ないってよくわかるもの」

ショークリアの姉クリムニーアは試験以降見ていないし、あまり話にも聞かないのでどれだけの人物かの把握はまだできていない。

だが、兄であるガノンナッシュもまた、優秀な人材だと聞く。ただどうしてもショークリアと比べると一歩劣るという話を聞くに、ショークリアがどれだけ優秀なのかがわかる。

「その知識には青の女神《トレ・イシャーダ》の加護があるんじゃないかって噂も聞いたわよ」

「そうか。私は食の子女神《クォークル・トーン》の御子じゃないかという噂を聞いたぞ」

様々な噂を持つお嬢様は、半分に切ったターメリックの断面を舐めて味を確認したあと、簡単にそれを放り投げた。

秋魔の視察が目的であるこの場で、それを持ち運ぶのは適切ではないと判断したらしい。

確認できて満足だと言うが、ふつう同世代の子供であれば探し求めていたものを手にした時点で、なかなか手放さず、捨てろと言えば嫌がるだろう。

それどころか、サヴァーラたちに詫びを告げ、視察の再開を促してみせたのだ。

「ふふ、面白いお嬢様よね。ここの戦士になって良かったかも」

「同感だ。お嬢様は将来どこまでいくのか……見届けてみたいものだ」

そうして一行は、再び森の奥へ向かって歩き出すのだった。

少し歩くと、モーランが全員に向かって告げた。

「この先に、この森特有の危険な樹が群生してるので、気をつけてくれ」

「ちゃんとした名前があるのかもしれないスけど、オレらは災いの棘塊《エニプス・イティマレク》って呼んでるんでさぁ」

「災いの棘塊？」

聞き返しながら、ショークリアは首を傾げる。

なんとも物騒な名前だ。ファンタジーな世界特有のやばい樹なのだろうか。

「別に魔獣ってわけではないんですが……。単に棘の塊のような硬い実を付けているだけです。ただ樹に強い衝撃を与えると頭上から握り拳大のそれが降ってくる」

「褐色熊と戦闘中、思い切り樹を殴られて酷い目に遭ったもんでしてね」

女性陣は状況を想像して、思わず苦笑が漏れる。それは確かに大変そうだ。

「でもそれだけでそんな物騒な名前を付けたわけではないのでしょ？」

「まぁな」

カロマに問われて、モーランはクグーロをチラリと一瞥してからうなずく。

それを見て、ショークリアもクグーロに視線を向けた。

「……クグーロ、何をやらかしたの？」

「やらかしたって言い方は正しくねぇでさぁ……。褐色地で焚き火をしたとき、思いつきで災いの棘塊を火の中に放り込んでみたんですがね……。良い香りがしてきたと思いきや、バチンバチンと音を立てて破裂し始めたんでさぁ……結構な数を焚き火に放り込んだせいで、硬い棘が焚き火の中から四方八方に飛び散って偉い目にあったんですわ」

「焚き火の近くにあった木はサボテンのようになっていたぞ……」

遠い目をして補足するモーランに、サヴァーラとカロマは同情的な視線を向ける。

知らなかったとはいえ、やらかしなのは間違いないだろう。

その話を聞きながら、ショークリアは別のことを考えていた。

クグーロの話を聞けば聞くほどに、どうも前世のとある木の実が脳裏によぎるのだ。

「もしかして……災いの棘塊って栗のコトなのかしら？」

思わず口から漏れた言葉に、モーランがどこか疲れたような目を向ける。

「嬢の知識がどうなってるのか知らないんですがね……。そのクリって木だった場合、どうするつもりで？」

「食べる」

即答すると、四人から一斉に「それは、本気で言っているのか？」みたいな眼差しを向けられた。

「火に掛けると破裂するんですぜ？」

「本当に栗だったなら、破裂しない方法があるのよ？」

「ふむ……まぁ確かに焼けた香りは、甘い良い香りでしたけど……」

甘い――という言葉に反応して、サヴァーラとカロマはどこか期待したような光を瞳に灯す。

「お嬢様、試食の際は」

「是非、我らに」

「いいけど、本当に栗だったらね？」

そんな念押しをしながら、ショークリアはふと思う。

（この褐色地って森は、森の中の色味が全部褐色なせいでどうしても見落としちまいそうになるが……もしかしなくても食料の宝庫なんじゃねーのか？）

王国全土を賄えと言われると無理だろうが、この土地でしか食べられない褐色種の肉や野菜などであれば、話題にすることもできるだろう。

（味が良ければ、客を呼び込めるだろうな……。観光客が増えりゃ、金を落としてってくれるだろうから、領地が潤う……か。そこまで単純な話じゃねーだろうけど、考える余地はありそうだ）

加えて、褐色種の肉や野菜の味が良ければ、なお良いだろう。

希少な品種ともなれば、貴族や富豪の御用達となり、値が上がれば稼ぎにもなる。

「……ふむ。相談してみようか」

思わず独りごちると、それを聞いていたらしいサヴァーラが首を傾げた。

「お嬢様、どうかなさいましたか？」

「うん、まぁ……」

サヴァーラの問いにうなずいてから、ショークリアはみんなに聞かせるように答える。

栗も食べられる品種だった場合の、この森の有用性。

そして、褐色種の肉などが美味しい場合の売り出し方などの話をしてみた。

すると、クグーロ以外の三人はかなり真面目な顔をして、考え始める。

「王国の食料庫という方向ではなく、希少な食材の採取地という方向で領地を運営する訳ですね。悪くない発想かと」

モーランがうなずくと、カロマがそれに続く。

「有名になると、この森に密猟しに来る人もいるだろうけど、そもそも近辺で一番弱い魔獣がシャインバルーンだもの。舐めた準備じゃあ、魔獣たちから返り討ち――それに、しっかり準備してくるなら、密猟あるいは領地の侵略を指摘して戦士団で捕らえるコトができる。治安のためにも意外と良い案かもしれないわ」

さらにはサヴァーラも、あとに続いた。

「それに、希少性を全面に押し出せば、上からの無茶ぶりも多少は撥ね退けられそうですね。そのためには輸送の方法なども考える必要が出てきてしまいそうですが……」

四人が真面目な相談を始めた中で、クグーロだけは周囲を警戒する。

商売や政治などには疎いので、彼は敢えて輪の中には入らない。

それでも四人の様子から、かなり楽しいことが起こりそうだという予感だけはあった。

「ごめんなさい、クグーロ。みんなでちょっと話し込んじゃった」

「いえ。お嬢たちが楽しそうでしたし……何より、停滞を感じていた領地の状況が改善されそうな話だったんで、構いやしませんよ」

【4】


そんな軽いやりとりの後で、五人はさらに奥へと進み出す。

ある程度、進んだところで先頭を歩くクグーロが後続のみんなを手で制した。

「災いの棘塊の木が増えてきた。頭上注意だ」

言われて頭上に視線を巡らせれば、確かにイガイガした球体の実った木がある。

「……たぶん、栗……な気がするけど……」

前世の記憶にあるものよりも一回り大きい。

「とりあえず、熟してそうなのを見て……見て……どれが熟してるんだろう……」

本当に栗かどうかを確かめてみたいものの、ちょっと困る理由があった。

「見分け方がわからないんですか？」

「わたしの知ってる栗は、とげとげが緑色のものが若くて熟すにつれて茶色になってくから……」

「あー……」

全員が、ショークリアの困っている理由を理解した。実っているのも、落ちて地面に転がっているのも、全てが褐色なのだ。

「新鮮であれば若くても多少は食べれたはずだから……」

「お任せあれ」

全てを言い終える前に、モーランはシュタタタタっと木を駆けるように登っていき、ささっと災いの棘塊の実を採ると、飛び降りてくる。

「お待たせしました」

「モーラン、すごいね」

地面に置いて構わないと告げると、モーランは安堵するように、下へと置く。やせ我慢して手で持っていたのかもしれない。

「手は大丈夫？」

「ええ。力を入れすぎなければ刺さるほどではないようです」

手のひらを見せて平気だとアピールするモーランにうなずき、ショークリアは、腰につけている剣を鞘のまま手に取る。

それでつつくように災いの棘塊の実を回し、トゲの生え際のような、人間の頭でいうつむじのようなところ――芯を見つけだす。

芯に鞘の先を当てて、斜めに軽く力を込める。軽い手応えを感じたら角度をずらして同じように。数度繰り返すと、イガである外皮が開き、中の実が顔を出す。

「できた」

イガで手を傷つけないように、皮の内側へと手を滑り込ませ左右に力を入れるとさらに口が大きくなる。そこから、見慣れた三角形に近い実を数個取り出した。

「うん。種が取れた」

余談だが、前世などで当たり前のように口へと放り込んでいたこの可食部の正体は実ではなく、栗の種である。

「そのトゲトゲした皮は種を守ってたんですね」

「そう。そして、わたしの知ってる栗と同じモノなら、この種は食べられるの」

再びモーランからナイフを借りて切り込みを入れ、皮を取り、爪を使って渋皮を取り除く。

想定よりもするすると渋皮が向けたのは、少しばかりの感動があった。

「中の実は白いんだ」

「お嬢様、味見は一蓮托生で」

「う、うん。わかった」

カロマとサヴァーラの迫力に圧されつつ、可食部をざっくりと三等分に切り分けた。

「はい」

「ありがとう存じます」

「恐れ入ります」

コリコリ、カリカリ。

火を通したものと比べると、かなり硬い。

それをかみ続けていると、栗特有の甘みと香りがゆっくりと広がっていく。しかも、前世の記憶と比べると、明らかにこちらのほうが味は上だ。

「甘い、ですッ！」

「ああ——香りも良いなッ！」

「うん。美味しい美味しい」

三人が黙々と栗を噛み続けていると、気になってきたのか、クグーロが地面に落ちてる災いの棘塊を拾ってきた。

「お嬢。どうやって剥くんです？」

「もぐもぐ。よく見ると、イガの付き方が違う場所があるの。そこを棒や板で押さえてみて。もぐもぐ。あるいは。もぐもぐ。そこに刃物を入れて――中の種を傷つけないように、ちょっと切って……もぐもぐ。切り目から左右に開いたりするの。あ、種の中に虫がいたりするから気をつけて」

どんどん甘みが強くなってきて、途中からはクグーロと話すよりも、災いの棘塊の種を噛んでいたくなる。

「できた……それで、ここから……」

「もぐもぐもぐもぐ」

女性陣は噛むのに夢中で、クグーロを気にしなくなっている。

「嬢は、こちらの平らな面に少し切り込みを入れて、剥いていた」

「モーランさん！」

「さらに中には薄皮があって……これもナイフと爪を使って器用に剥いていたが……」

「お嬢ほど綺麗にはできませんでしたけど、白くできましたでさぁ」

それを半分にカットして、モーランと分け合うと、クグーロも口の中へと放り込む。

「ほうほう。なるほど。渋みとエグみが多少あるものの……これは……うん。これは……もぐもぐもぐもぐ」

「噛むほどに香りと甘みが……なるほど。これはもぐもぐもぐ、沈黙してしまうな……もぐもぐもぐ」

渋みとエグみがあるのは、恐らく取り除きそびれた薄皮の味だろうと、モーランは考える。

それはそれとして――

このまましばらく、五人が災いの棘塊の種を噛み続ける音が森に響きわたるのだった。


コリコリコリ。

カリカリカリ。

もぐもぐもぐ。

………………こくん。


全員が災いの棘塊の種を嚥下《えんか》したところで、先へと進んでいく。

ショークリアの興味があちこちに移るため、ちょくちょくと寄り道してしまっているが、本来の目的は秋魔の発生予定地の視察である。

魔力源泉の近隣に秋魔が出現しやすい。

だからこそ、褐色地にある魔力源泉の様子を窺うことで、今年の秋魔はどこに出現するのかの当たりをつけるのだという。

そうして災いの棘塊の群生地を抜けた先に、ちょっとした広場のように開けた場所があった。

その広場には褐色熊が一匹いるため、草葉の陰から、様子を窺うことにする。

「広場みたいになってるとこの奥――洞窟にも見える大樹の虚《うろ》の中、わかりますか？」

声を潜めながら、モーランが指で示す。

その場所を、女性陣は目で追い、モーランが指す場所に、緑の光の柱があった。その周囲には赤い光の粒子が舞っている。

「春から夏に掛けては緑色の柱だが、秋になると赤くなる。その変遷時期――緑と赤が混じり合うんだが……柱の色と粒子の色ではっきりとわかれているときは、その柱の近くに秋魔が出現しやすい」

「まさにアレね」

「そうだ」

どうやら今年は、この褐色地に秋魔が出現する可能性が高いようだ。

「これが確認できたなら、帰って報告する。まぁ、出現はまだ先になるだろうが――」

モーランが引き返そうとみんなを促そうとしたとき、広場にいた褐色熊が突然、絶叫をした。

「グガァァァァァッァ!!」

両手を大きく開き、仰《の》け反《ぞ》りながら叫ぶ。少しずつだが、サイズが大きくなっているようにも見える。

「何だ……ッ!?」

モーランとクグーロもあのように褐色熊が叫ぶのを知らないらしく、目を見開いた。

さきほどまでよりも二周りは大きくなった褐色熊の叫び声が響く中、その熊の両肩付近に変化が現れる。

ボコボコとその部分が蠢《うごめ》き、波を打ち、やがて本来の腕より細くて長い新たな腕がそこから生えた。

「……四本腕に、なったの……？」

カロマがうめいたその時、姿勢を戻した褐色熊はぐるりと首だけこちらに向ける。

「……気づかれているッ！　茂みから飛び出せッ！　動きづらい草むらで戦うくらいなら、広場で迎え撃つほうがマシだッ！」

サヴァーラが叫ぶ。それに異を唱えるものはおらず、全員が茂みから飛び出した。

「褐色の四腕熊《しわんぐま》ってところかな？」

「じゃあ、以後それで」

ショークリアが適当に名付けると、クグーロがそれを採用する。

それぞれが武器を構え、褐色の四腕熊と向かい合う。

「モーラン殿。あれは秋魔か？」

「いや。言うなれば秋魔モドキが近いかと思う。威圧感は似ている――が、だいぶ小さい」

「最悪はお嬢だけ逃げてもらうってコトで」

「異論ないわ。結構やばそうだし、気合い入れないとね」

「……必要とあれば逃げるけど、わたしだってやるわよ？」

モーランたちの仕事を思えばショークリアだけ逃がすのは正解なのだが、それでも自分だけ仲間外れなようで、少しだけ頬を膨らます。

「来るッ、散開ッ！」

そこへサヴァーラが叫び、全員が四方へと飛ぶ。

直後に巨体とは思えない速度で走ってきた四腕熊の拳が地面に叩きつけられた。

「馬鹿力がッ！」

地面を凹ます剛拳を見ながらクグーロがうめく。

そんな毒づくクグーロの脇を抜け、カロマが踏み込みながら、細身の剣を突き出した。

細身の刀身に細い腕。

いくら身体を鍛えていようとも、筋肉の塊のような四腕熊には些かの物足りなさがあるだろう。

だが、それを補うのが、彩術《アーツ》という技術だ。

全ての生き物が体内に内包しているものでもあり、星からも魔力源泉を通じて吹き出し続けるそれは、この世界にたゆたう魔力《カラー》と呼ばれる神と同じ五色の力。

その五色の魔力の中でも、己の体内にあるものを色の区別なく——言ってしまえば雑に——操作するのが彩術だ。

自身の内側にあるそれで肉体を強化し、時に武器に乗せるなどをして繰り出す必殺技の総称である。

一見すると大道芸に見えるような動きも、彩術を用いて繰り出せば必殺になりうるのだ。

カロマが放つ突きもまた彩術を用いた一撃である。

【4】


姿勢を低くしながら踏み込み、魔力を乗せた高速の突きを繰り出す彩術。

「瞬閃牙《シュンセンガ》ッ！」

構えと技名は一種のルーティーンだ。

特定の動きと名前を口にすることで、体内の魔力状況をその技を繰り出すのに最適な状況へと瞬時にセットする。

彩術による肉体強化で踏み込みの速度を上げ、腕力強化により突く速度を上げ、武具強化によって剣の強度を高める。

それらの複合によって元より鋭かった突きが、限界を超えた速度でもって繰り出される。

通常の褐色熊《かわ》であれば、胸を貫いただろう瞬突《しゅんとつ》。だが、褐色の四腕熊は瞬間的に身を捩《よじ》ってそれを躱した。

「なッ！」

掠《かす》めた剣は四腕熊の肉の表面をえぐっていくが、致命傷たりえない。

「グオオオ……ッ！」

それでも痛かったのだろう。

褐色の四腕熊はカロマを睨みつけ、腕を振り上げ——

「散虹華《サンコウガ》ッ！」

その腕が振り下ろされるよりも早く、ショークリアが四腕熊の足下へと剣を突き立てる。

瞬間、剣の刺さった場所から虹色の輝きが花開くように噴出した。

魔力を乗せた剣を地面に突き立て、地面から魔力を噴出させる技だ。

「グゴ……ッ⁉」

ダメージにはならずとも、四腕熊は体勢を崩す。

その隙にカロマはその場から離れ、ショークリアもすぐに離脱する。

「お嬢様、すみません」

「気にしないで！　みんなで倒そう！」

カロマの言葉に、ショークリアは即座に返して、褐色の四腕熊を見やった。よろめきながらもこちらを睨んでいる。

（おーおー……おっかねぇツラしてんな……）

内心で暢気な感想を抱きながらも、ショークリアは剣を構え直した。


その様子を見ながら、カロマのフォローをしそびれた三人が軽く驚愕する。

（お嬢、いつのまに彩術の準備を……？）

（嬢はカロマの攻撃が躱されると想定していたのか……いやそれにしては……）

（お嬢様はカロマが攻撃に成功しようが失敗しようが関係なく、あの技を出すつもりだったのか？）

三人とも別にフォローを考えていなかったわけではない。

褐色の四腕熊とショークリアが、想定を超えていただけだ。

とはいえ、三人ともただ見ているだけということはなく――

【4】


すぐさまに気を改めて、褐色の四腕熊を分析していく。

「通常の褐色熊よりも丈夫で機敏、か」

「こういうとき、団長がいると手っ取り早いんですけどねぇ」

「ないものねだりは無意味だ。仕掛けるぞッ、クグーロッ！」

「了解ッ！」

モーランは二刀の短剣を構え、クグーロは片手斧を手に走る。

「交差する嘘《グニッソルク・エイル》」

短剣がまだ届かない位置から、モーランは交差させた手を開くように動かす。

魔力の乗ったX字の斬撃が宙を駆ける。

モーランの放つ斬撃波に四腕熊は左上腕を振り下ろす。

魔力を帯びた熊の腕は、切り傷とともに血が迸るものの大きな怪我なく、斬撃波を相殺する。

だが、モーランの放った技は、最初から牽制目的。それでしとめるつもりはなかった。

「我流・岩石砕きッ！」

クグーロが小さく飛び上がりながら、片手斧を振り下ろす。

咄嗟に、右下腕を盾にする褐色の四腕熊。クグーロは盾になった腕を切り落とすものの、そこで威力が散らされてしまう。

「クソッタレ！」

そのため、褐色の四腕熊のボディへは多少の傷しかつけられない。

それどころか、熊はクグーロの技の隙を狙うように、左下腕を振りかぶる。

（やべッ……!?）

クグーロは胸中で舌打つ。

躱せない——そう判断してクグーロは威力を最小限に抑えようと身構えたときだ。

「ぜぇぇぇぇいッ！」

四腕熊はその腕を振り抜く前に、背中に強烈な蹴りを浴びてよろめいた。

ショークリアが体重と魔力を乗せた前蹴りを繰り出したのだ。その動き、前世風に呼ぶならばジャンピング893キック——だろうか。

（チッ、もうちょっとうまく魔力をコントロールしねぇとなッ！　しとめるくれぇの威力の蹴りにしたかったんだが……。ともあれ、クグーロは助けられたから由《よし》とするぜ！）

威力はあまりなかったようだが、それでも体勢を崩すには充分だった。

（とりあえず、下がって魔力の練り直しだ）

ちらりとクグーロを一瞥し、ショークリアは素早く離脱する。

（ほんと、お嬢はよく見てるんだな……ッ！）

よろめく褐色の四腕熊を見、クグーロはこれを千載一遇のチャンスと見た。

「我流・大樹断ちッ！」

クグーロがもう一撃繰り出す。

その技は、左下腕を切断こそできなかったものの、深々と切り裂いた。

「グガァァァァッァ……ッ!!」

激痛に喚くように、残った腕を闇雲に振り回す四腕熊。

蹴りのあとにすぐ離脱していたショークリアには当たらなかったが、懐にいたクグーロは躱しきれずに、腹部を掠める。

わき腹から鮮血が吹き出しながら、思い切り吹き飛ばされた。クグーロは地面を転がるも、素早く立ち上がろうとする。

だがうまく立てない。それどころか傷を押さえた手が真っ赤に染まっていく。

「……掠っただけでこれかよ……ッ！」

「カロマ、クグーロを頼む」

「はいッ！」

クグーロのわき腹が赤くなっていくのを見て、モーランは即座に指示を出す。それにカロマは即座にうなずく。

その様子を窺ってから、サヴァーラは魔力を灯した足で地面を蹴って大きく高く飛び上がる。

その途中、視界に入ったショークリアが凄まじい魔力を練っているのを見た。

元々、大技を使おうとしていたようだが、クグーロが怪我をしたことで、怒りの火が灯ったのだろう。

怒りが、魔力を高めているように見える。

そしてその怒りに呼応して、魔力源泉から漏れる魔力が、ショークリアの周囲に集まっているようにも見えた。

(制御できているのか……?)

一見するだけならできている。

ならば、倒せる確率の高い一撃を繰り出すよりも、確実に動きを制する一撃にして、最後をショークリアに任せてもよいだろう。

(お嬢様が失敗した場合も想定しておくべきではあるだろうが――まずはッ!!)

大上段に構えた剣に魔力を乗せて、急降下するように振り下ろす。

「絶華《ゼッカ》ッ!」

ショークリアとクグーロがいなくなったあとも、闇雲に腕を振り回す熊。サヴァーラの狙いはその腕だった。

ジャンプし大上段から繰り出される剛撃――それは褐色の四腕熊の左上腕の肘当たりを切断し、宙を舞わせる。

その一撃が逆に熊を冷静にさせたのかもしれない。

褐色の四腕熊《ドゥアルフ・エディルグ》は最後に残った右上腕でサヴァーラを攻撃しようとするが――

「滑空する詐欺師ッ!」

モーランがそこへ向かって数本のナイフを投げた。

一見するとただの投擲だが、実際は魔力の乗った投擲であり、見た目に反して高い攻撃力を誇る技だ。本来であれば無数の幻影の中に高威力のナイフを混ぜる技だが、今回は幻影を作る分の魔力も全て威力へと変換してある。

それが全て褐色の四腕熊の右上腕に突き刺さった。

「……!!」

腕に刺さったナイフを見、四腕熊はモーランを睨んだ。

血走った熊の眼が、泣きそうに歪んでいる。腕の全てが切断ないし大怪我を追ったのだ。いかに魔獣とて、次に迎える己の運命を理解してしまったのだろう。

だが、それを気にしている場合ではない。

モーランとサヴァーラの目には、クグーロを助けたあとで魔力を高め続けているショークリアが映っている。

(さっきのサヴァーラの技……参考になるなッ!)

クグーロがやられたことは頭にクるが、冷静さを失えば勝てるものも勝てなくなるのは、前世の喧嘩で経験済みだ。

だから、サヴァーラとモーランが作り出したこの瞬間を無駄にしてはいけない。

「嬢ッ!」

「お嬢様ッ!」

五色の粒子を纏いながら、ショークリアが地面を駆ける。

(……今度こそッ、ぶっ飛ばしてやるぜ……ッ!!)

その思考はシンプルだった。

騎士や剣士のような技よりも、喧嘩屋としてもっともやりやすい動きで、最大の一撃をぶちかます。

そのためのビジョンは、すでにショークリアの中にある。

全身に高濃度の魔力を纏い、ショークリアは動く。

ダン！　と音がするほど力強い左足の踏み込みでジャンプ。

（イメージは、ロボットアニメだッ！）

足の裏やふくらはぎなどのバーニアを吹かせる人型ロボットのイメージ。魔力を噴出し、急加速するように飛びかかる。

ショークリアの纏う高密度の魔力が、加速と合わさり、周辺の空気と魔力の流れを歪ませる。

「人間一人が内包できる魔力の量を超えてない？　あれ……」

空気と魔力の歪みが、ショークリアが飛ぶ空間に虹色にも透明にも見える力場のようなものを生み出している。

その魔力の力場が褐色の四腕熊の胸のあたりに集まって、花の蕾を思わせる形状に変わっていく。

「魔力の……華？」

その花の蕾へ向かって、ショークリアは全体重と全魔力、そして……

「うぉぉぉぉらぁぁっぁぁぁ——……ッ!!」

……加速を乗せた前蹴りを繰り出す。

「クグーロを援護した蹴り技——あれが本来の……ッ!!」

【4】

モーランがその言葉の全てを言い終える前に、ドン！　という音と共に空気と魔力が震え、魔力の薔薇が一気に開花し派手に散り、僅かな間、時が止まったような沈黙が落ちる。

そして――

「ガァァァァァァッァア――……ッッッ!!」

褐色の四腕熊は絶叫と共に吹き飛んでいく。

恐ろしい勢いで地面を滑り、大地を削り、ぶつかる岩を砕き、木々をへし折り――

最後にひときわ巨大な災いの棘塊《エニプス・イティマレク》の木に激突してハデな音を立てたところでようやく止まった。

一拍遅れて、その熊の頭上から大量に災いの棘塊の実が降り注ぐが、熊は動かないまま実を浴び続ける。

その姿はどう見ても絶命していた。

「ふぅ……」

技の成功に安堵して、ショークリアは大きく息を吐く。

「お嬢」

「あ、クグーロ。大丈夫？」

「大丈夫です。カロマが癒しの術を使ってくれたんで……それよりなんなんスか、今の？」

「えーっと……思いつきでやってみたんだけど……えーっと、我流剣技の……」

（そういや名前考えてなかったな……。名前名前……こう、女っぽくて貴族っぽさもありつつ、オレっぽい……そんな名前がいいな……想定外だったとはいえ虹色の花が咲いちまったしな……そんな一撃をかます技なワケだから……）

「そうッ！　名付けて我流剣技・咲華虹彩覇《サッカコウサイハ》ッ！」

手を合わせ、それこそ花咲くような笑みを受けべるショークリア。

「その歳で秘奥彩技《ホイール・アーツ》級の技が使えるのですね、お嬢様」

「すごいすごいと思っていたがここまでとは」

それに素直な賞賛を送るカロマとモーラン。

（秘奥彩技？）

胸中で首を傾げるが、二人の反応からしてなんか、彩技のすごい版なのだろうと理解する。

その横で――

「確かにすごいとは思うのですが……」

「サヴァーラとは気が合いそうっすね」

クグーロとサヴァーラは顔を見合わせてうなずいた。

「お嬢様、我流剣技と言うのでしたら……」

「せめてどっかで剣を使ってくだせぇよ」

「……あ！」

二人からの指摘に、ショークリアは思わず小さな声を上げるのだった。

エピローグ

――ショークリアたちが視察に出てから六日……


「父上。ショコラたちはまだ戻って来ないの？」

「……多少の遅れは気にするべきではないが……褐色地の魔力源泉《カラーパレット》まで往復にこんな時間が掛かるのは珍しいな」

ガノンナッシュの問いに、フォガードは腕を組みながら唸る。

「一応、両戦士団から、三名ずつ募って派遣はした」

不安な顔をしているガノンナッシュを落ち着かせるために、フォガードは手を打ったのだと口にする。

「……気の早い秋魔《しゅうま》が発生した可能性は？」

「ゼロではない。だが、ショコラを含め、いくら秋魔相手でも後れをとるようなコトはあるまい。勝てない相手でも上手いコト逃げられるとは思うんだが……」

もちろんフォガードに確証などない。

そうあって欲しいという願望がかなり強く含まれている。

父のそんな思いを読みとったガノンナッシュは何ともいえない顔をして、天井を仰ぐ。

そんなとき、誰かがフォガードの執務室のドアを叩いた。

「誰だ」

「ミローナです」

「入っていいぞ」

「失礼致します」

丁寧に挨拶をしながらミローナはフォガードの前へとやってくる。

「どうした？」

「ザハル団長より、ショコラお嬢様以下五人の無事が確認できたと伝言を受けましたのでご報告に参りました」

その言葉に、フォガードとガノンナッシュは思わず大きく息を吐いた。

「それは何よりだ。日程の遅れた原因は何か聞いているか？」

「はい。いくつかあるそうですが、一番大きな要因は褐色の四腕熊《しわんぐま》という褐色熊の変異体と遭遇したコトによりクグーロさんが負傷したため、移動速度が大きく下がったコトだそうです」

「そうか……クグーロは無事なんだな？」

「はい。致命傷ではなく、また同行していたカロマさんに治癒術の心得があったため、大事には至っていないとのコトです」

想定外の報告ではあったが、全員が無事だというのならばそれでいい。

「その褐色熊の変異体はどうなった？」

【エピローグ】


「お嬢様含む五人によって退治されたと聞いております」

「ならば、詳細は帰ってきてから聞くコトにしよう。他に何か聞いているか？」

「はい。何でも褐色地は、見た目が褐色なだけで食材の宝庫だったようで、持ち帰れる範囲でいろいろと採取などをしたそうです。また、熊肉が食べたいと言っていたお嬢様は、退治した四腕熊に目を付けたという話も聞き及んでおります」

「……え？　食べるの？　その変異熊……？」

思わず――といった様子でガノンナッシュが呻く。

「そもそも褐色熊――いや熊は食べられるのか……？」

フォガードも眉を顰めるが、ショークリアの言うことだと軽く頭を振った。

「まあいい。それで、ショコラたちはいつ頃、領都に戻る？」

「早ければ今日の夜。遅くとも明日の昼頃には着くだろうと聞いております」

「了解した。ならば帰ってくるのを待つとしよう。下がっていいぞ、ミローナ」

「はい。では失礼します」

部屋から出ていくミローナを見送ってから、フォガードはイスに深く座り直して、盛大に息を吐いた。

「……ともあれ、無事で何よりだな」

「本当に。しかし、熊肉かぁ……」

「確かに注目したくなる言葉だったが、別にもあったのに気づいているか？」

「褐色地が食材の宝庫だったって話？」

「そうだ。モーランは私の片腕として情報収集などをしている男で困ったときにも相談に乗れるだけの頭を持っている。そしてサヴァーラとカロマは貴族の出だ。そんなメンツが食材の宝庫を前にしたショークリアを見て、領地を潤わせるネタを閃かないと思うか？」

「……土産話の処理が大変そうだ……」

「せっかくだ、手伝ってくれ、ガノンナッシュ。おまえもそろそろ領地経営というものを覚えていいだろう」

「厄介ごとを少しでも分け与えられる相手が欲しいの間違いなんじゃ……」

「否定はせんが、領地のコトを教えたいというのも本心だぞ？」

父の言葉にガノンナッシュは軽く肩を竦めてみせる。

「そういうコトにしておく。じゃあ、手伝わせてもらうから」

「ああ」


翌日の朝食が終わった頃——

「お父様、お母様、お兄様！　たーだーいーまーッ!!」

ブンブンと手を振りながら、大きな声を上げるショークリアの姿が見えた。

先触れがあったため、屋敷の玄関の前に全員で待っていたのだ。

馬車の御者台に立って手を振っていたショークリアは、そこから大きく跳躍して、家族の前へと着地する。

その様子に、安堵の笑みを浮かべつつ、マスカフォネは窘めた。

「ショークリア。はしたないわよ」

「だって久しぶりの家なんだもん」

「そうね。おかえりなさい。ショークリア。無事で何よりだわ」

「ただいま。お母様」

マスカフォネはショークリアを抱きしめて頭を撫でる。ショークリアは照れくさそうな顔をした。

それを見ていて我慢できなくなったのか、フォガードがマスカフォネの胸の中からショークリアを優しく奪い取って抱きしめる。

「まったく、無茶な子だ。聞いたぞ。変異種相手に、我流の秘奥彩術《ホイール・アーツ》を編み出してトドメを刺したのだと」

「えっと……ごめんなさい？」

「怒ってはいない、が……その歳で膨大な魔力を使った彩術など前代未聞だからな。副作用があるかもしれぬ。医術士の手配はしてあるので、診断が終わるまでは大人しくしていてくれ」

「……シュガールと料理をするのもダメ？」

ショークリア自身は意識してなかったのだが、上目使いのかなりあざといポーズとなっていた。

我が子に弱いフォガードに、それは効く。

「ぐ……。まぁ彩術を使わないならいいだろう」

「やった！」

父から身体を離し、グッと握った拳を天に振り上げる。

「父上も母上もズルいです」

そんなショークリアを、今度はガノンナッシュが抱きしめた。

「お帰り、ショコラ」

「ただいま。お兄様」

「健康診断が終わって問題ないようなら、秘奥彩技を見せてよ？」

「もちろん！」


その光景を眺めているサヴァーラの口元に笑みが浮かぶ。

「仲良き家族が羨ましい～って感じ？」

「からかうな、カロマ。否定はしないが」

「からかってはないかな。アタシもそう思ってるから」

サヴァーラもカロマも、中央騎士団を辞めた際、実家から勘当を言い渡されている。

女性騎士故にその権力を振るう機会はあまりなかったのだが、二人とも相応の地位にはいたのだ。

その地位が実家を増長させ、周囲の嫉妬を買い、二人のもとへ心労ばかりを呼び込んだ。

だからこそ二人は騎士団を辞めたのだ。

勤務時期や担当などが合わなかったので、騎士団時代に顔を合わせることはなかったが、同じような地位で同じようなことを経験していたのだというのは、互いに話をしているうちに気づいていた。

そんな似たような事情もあって、だいぶノリの違うこの二人は、互いに親近感を抱いていたのだ。

「ここの家の人たちは、子供が突出した地位に立っても鼻にかけないだろうし、辞めたりクビになっても、見捨てたりしないだろうなぁ～って」

「そうだな。それを羨ましいと思う。ただ、そんな家から縁が切れたおかげで、この領地に来られたとも言える。そこだけは感謝して良いと思わないか？」

「思わない」

「……そうか」

「だって、僅かでも感謝なんてしてみなさいよ。アタシの実家なんて、恩を着せていろいろやらかすわ。たとえ絶縁を言い渡した娘であっても」

「あー……」

カロマの言うことに、サヴァーラは呻き声しか返せなかった。

なにせ、自分の実家も似たようなところがあるからだ。絶対にカロマの言うようなことをやってくるだろう。

「ま、そんなコトより……よ」

「ん？」

小さく笑って、カロマは手を差し出す。

「団長と副団長としての挨拶はしたけど、個人的な挨拶はまだだったなって。お仕事でも仲良くしたいけど、私的にも仲良くしたいなって。ダメ？」

その手と、自分より低い視点から上目遣いで見上げてくるカロマの顔の間に数度視線を巡らせてからサヴァーラは笑い、手を握った。

「いいや。仕事以外でもよろしく頼むよ、カロマ」

「ふふ。こちらこそよろしくね。サヴァーラ」


「仲良きことは美しきかな……」

馬車の荷台からショークリアやサヴァーラたちの様子を眺めていたクグーロが何ともなしにそう漏らす。

すると、外にいたモーランが中をのぞき込みながら尋ねてきた。

「大丈夫か、クグーロ？」

「ええ。しばらく仕事は休ませてもらいますぁ。カロマの治癒術も、そこまで強い訳じゃないみたいなんで」

それにモーランはうなずく。

怪我の様子は見ていたので、モーランとてすぐに無茶を言うつもりはなかった。

「わかった」

「無理はさせねぇでくださいね？」

「団長に言ってくれ」

「それ、完治前に無茶ブリ確定って話じゃねーですかッ!?」

思わずクグーロが叫ぶ。

自分にそう言われてもどうにもならないのだが――

そんなことを思いながらも、モーランは小さな笑みを浮かべた。

「今後は、団長以外からも無茶ブリが増える可能性があるぞ」

「……え？」

「嬢は褐色地に目を付けた。旦那もその有用性を理解すれば第一休憩点あたりに集落ができる。人が集まるなら警備の増員も必要だ。街道にコーバンの設置もあるだろう。ファム・ファタールが結成されて元々の戦士団の仕事が緩和された分、別の仕事が割り振られる。そうなれば忙しさはこれまで通りになるかもしれんぞ」

「聞きたくなかったッ！」

頭を抱えるクグーロだったが、それでもどこか楽しそうだ。

「停滞していた領地に吹き抜ける風、か」

誰ともなしにモーランが呟く。

それは、クグーロの耳にも届かなかったようだ。

モーランの視線の先には、ショークリアがいる。

「何とも不思議なお子さまだ」

この地にショークリアが生まれ落ちたのは奇跡だな――そんなことを思いながら、モーランは馬車に近づいてくるザハルに気づき、帰還の挨拶をするのだった。


神界のとある場所にある、赤茶けた土肌の崖っぷち。

そこの縁に座って、足を投げ出しブラブラさせているのは、赤の神。

ショークリアの前世である鬼原醍醐《おにわらだいご》に似た容姿の大男。

やや赤みを帯びた肌に、炎を思わせる紅葉柄をした日本の暴走族の特攻服のようなものを羽織っている。日本人が見れば、赤鬼を連想するような人の形をした人外。

彼は赤の神《ゴズマウンタ》ハー・ルンシヴ。

鬼原醍醐がショークリアへと転生する原因となった神だ。

なお容姿が似ていたのは完全に偶然である。あるいは、似ているからこそ魂を呼び寄せたという運命か。どちらであっても、さほど意味はないのだが。

【エピローグ】


『……赤。そんなとこにいたら、白に見つかるよ』

『ん？　翠《みどり》か』

そんな彼に声を掛けたのは、椰子の木を思わせるような姿の女性だ。

健康的で筋肉質な白い肌に長い耳。緑色の髪はまさに椰子の葉のごとく。

そして椰子の実を思わせるような大きな胸は、苔のような色と材質の布面積の少ないハイレグの衣装からこぼれ落ちてしまいそうだ。

風を思わせる薄い黄緑のストールと、樹皮を思わせる薄茶色のパレオを巻いた姿をしている。

彼女の静かなたたずまいは美しきエルフを思わせるほど幻想的で、だが活力に満ちあふれる様はアマゾネスのようにも見え、そして美しく豊満な肉体は母性溢れる全ての母のようにも見える。

それが、緑の女神《ゴズデフォレス》ティタノ・ワールだ。

『なにをしていたんだい？』

『おう。ショークリアを見てた』

『……アンタもなのかい』

呆れたような同意するような――どちらともいえない様子で、緑の神は苦笑した。

『ただのいたずらが大事になっちまったからな。少しくらいは世話焼いておかねぇとと思ったが、必要なさそうだ』

『まったく。お父様に感謝しなさいよ。アンタをお咎めなしにしてくれたんだからさ』

『それなら問題ない。白の目を盗んで、オヤジに詫びは入れてあっからな』

ちゃっかりと偉大なる父――この世界の創造神であり神々を統べる神《ゴズエンペリウム》ステラ・スカーバッカへの謝罪はしていたようだ。

『オヤジにゃぁ、人間界への刺激が欲しかったのでちょうど良いって褒められたぜ』

『え？　褒められたのかい？』

『おう。拳骨《ゲンコ》と一緒にな。おかげで全然治る気配のないタンコブができちまったよ』

『どう考えても皮肉さね。叱られたんだよ。アンタは』

『あ、やっぱそうか』

完全に呆れた顔を向けてやれば、殴られたことなど気にしてないかのように笑って見せる。

人間からすれば厳つく恐ろしい怒り顔の代名詞とまでされる強面を、子供のような無邪気さ全開にして笑っているのだ。

おそらく偉大なる父も、今ここにいる自分も――そして過去も今後も、いろいろな神々が、この笑顔に毒気を抜かれてしまうのだろう。

『ショコラも――地球人としての生前にそういう顔をできていれば、また運命が違ったかもしれないわね』

思わず独りごちた緑の神の言葉に、赤の神は軽く肩を竦めた。

『かもしれねぇが、それはもう言っても仕方がねぇよ。生命を司るお前も、死を司る黒も、規律を守る白も――そこを覆すコトはしねぇだろ？』

『そうさ。だけど、それでもね――時々、どうしようもなくそれが悔しいと思うコトもあるさね。

私は生命を司ってる。だけど、母性を司ってもいるからね。母心みたいなもんで、寂しさを感じちまうんだろうさ』

『それを言えば俺だって父性を司っている。似たようなコトを感じないといえば嘘になる』

だけど、それでも——と、赤の神は告げる。

『今の醍醐《アイツ》は、ショークリアとして生きてるんだ。地球《きんじょ》のガキから、スカーバ《うち》のガキになったんだよ。だったら、見守ってやろうぜ。元より神様《俺たち》ってのは、それしかできないんだからよ』

『ったく……子供のようなコトしてるかと思えば、そういうコトを言うんだから……本当に、アンタといると調子狂うさね』

小さく息を吐いて、緑の神は尋ねる。

『隣、いいかい?』

『構わねぇが、落ちんなよ?』

『そんなマヌケいるのかい?』

『おう。赤の神って言うんだけどな?』

『アンタ、落ちたコトあるのかい……』

呆れたように笑いながら、緑の神は赤の神の隣に腰掛けるのだった。

「心配したんだからねッ！　友達としてもッ、お姉ちゃんとしてもッ、従者としてもッ!!」

ダイリの褐色地から戻ってきて、報告とか片づけとかがいろいろと終わり、ようやく一息ついたとき、ミローナが突然爆発した。

いや、突然——ではないのだろう。

ショークリアが帰ってきてからこっち、ずっと爆発せずに耐えていたのだとは思う。

涙を両の瞳に浮かべて、烈火の如く声を上げてきた。

申し訳ないと思いつつも、その勢いに押されたショークリアは、軽く周囲を見回す。

普段であれば、主に感情をぶつける行為や言葉遣いを咎めるだろうココアーナや、ほかの従者たちも、見て見ぬふりをしているようだ。

今回に限って言えば自業自得なので素直に泣き喚かれてください——周囲の従者たちから、そんな無言の主張が聞こえてくる。

（いやまぁ……確かにめっちゃ心配かけちまったけど……）

現代日本であれば、スマートフォンだなんだといった道具で、自分の無事や状況を即座に報告できるのだが、そんなものなどないこの世界ではそれができない。

だからこそ、ミローナは余計に心配をしてしまうのだろう。

「えーっと、ごめんねミローナ。でも、もうしばらくはこういう遠征はないから……」

「当たり前よッ！　仮にあってでも今度は私も付いていくからッ!!」

さすがに従者を連れて冒険というのは——と思いショークリアは周囲を見回すが、ほかの従者たちは我関せずだ。

その雰囲気からは、次からはミローナを連れて行くこと——という無言の主張が、圧力となって漂っているようだ。

「わ、わかった……。次があったら、ミローナも連れていくから……」

「よろしい」

ぐす……と涙を流しながら、うなずくミローナ。

そんな彼女に申し訳なくなって、ショークリアは彼女の顔に人差し指を伸ばして、涙を拭ってやる。

その行為にキョトンと目を瞬かせるミローナに、ショークリアは笑いかけた。

「心配掛けちゃってごめんね……ただいま」

手を伸ばしてミローナの頭を撫でようかと思ったが届きそうになかったので、ショークリアは代わりに安心させるように笑顔を向ける。

そんなショークリアに、ミローナは感極まったように声を詰まらせ、ややして思い切り抱きついた。

「おかえりッ！　ショコラッ‼」

そのやりとりを見ていた者たちは、のちまで語り継ぐこととなる。

「あのときのお嬢様は、表情も仕草もヘタな殿方よりもカッコいい殿方だったッ！」

……と。

特別書き下ろし　夢見たカツに思いを馳せて

鬼原醍醐が朝起きて、一番最初にするのはキッチンにあるホワイトボードを見ることだ。

冷蔵庫につけたマグネットフックに紐で引っかけられたこのボードには、基本的に母親の予定が書かれている。

「今日は昼過ぎに出勤か。昨日も遅かったみてぇだし、相変わらずだな」

醍醐は母親が何の仕事しているのかよくわかっていない。

ただ、出勤と帰宅の時間が定まってないのは大変そうだな、と思うことは多々あった。

始発電車に乗って出勤する日もあれば、日付が変わってから出勤する日もあり、そして今日のように昼過ぎに出勤する日もある。帰宅時間だってまちまちだ。

「さて、オレはどーっすっかな」

そんなことを独りごちながら、お風呂場へと向かう。

目覚ましがてらのシャワーを浴びながら、その日一日の予定や献立などを考える。気が付けば日課のようになってしまった行動だ。

それも、案外悪くはない――などと考えるようになったのはいつからだったか。

シャワーを終えたら、柄物のTシャツの上に、ワイシャツを羽織り、制服のスラックスに足を通す。

自分用の朝食と、弁当。それから母親の昼食と弁当を準備するべくキッチンへと向かう。

シャワーを浴びて目覚めた頭で、改めてキッチンのホワイトボードを見ると、母親からのメモが添えられていることに気づいた。

「トンカツ楽しみにしてる――だぁ？　ンなモン作るだなんて話、した覚えなんざねぇぞ？」

ただでさえ怖い顔をしかめてより怖くしながら、ホワイトボードを睨む。

とはいえ母親が意味も準備もなくこんなことをするとは思えない。

「でもまぁ、お袋の行動パターンからして……」

そうなると、リビング辺りに何かヒントがあるかもしれない。

半ばそれを確信してリビングをのぞき込むと、テーブルの上に見覚えのないパンが置かれている。

剥き出しのまま、バスケットの上に乗せられたパン。風通しの良いここに置いておくことで乾燥させたかったのかもしれない。

「食パンちぎって生パン粉――ってのじゃあ、嫌だってのか？」

ようするに、この固くなったパンを使ってトンカツを作れということなのだろう。

「朝っぱらから面倒くせぇコトこの上ねぇが、まぁ食いてぇってンなら仕方ねぇな」

自分に言い聞かせるようにそう独りごちると、バスケットごとパンを手にしてキッチンへと戻る。

冷蔵庫を覗けば、見覚えのない立派な豚肉が鎮座しその存在を自己主張していた。ここまでされたらトンカツを作らないワケにもいくまい。

（よっぽどトンカツが食いたかったんだな）

恐らくはまた何かしらのマンガなりドラマなりの影響だろう。リクエストする前にその作品を見せてくれると、心構えができて気持ちはラクなのだが――

（これは作らないとしばらくいじけて拗れそうだ）

苦笑しながら、醍醐はグレーターを取り出した。母親が勢いのまま購入し、持て余していたこの道具が役に立つ日がくるとは思わなかった。

それを使って固くなったパンを荒く削り、パン粉へと変えていく。

トンカツに使うパン粉にしては粒が細かい気がするが、リクエストはリクエストだ。気にせずに作業を進めていく。

そうしてトンカツが完成した。

「いや、流石に作りすぎだろこれ」

完成したのを見て速攻で頭を抱えてしまったが。

「軽く五人前くらいの量あるな。なんで片っ端から衣つけて揚げていったんだ、オレ……」

途中から楽しくなってきて何も考えずに作ったことは認めよう。

「んー……まぁ半分くらいは割り下で煮て卵でとじるか」

汁気を少な目に作ったカツ煮なら弁当にも使える。

何のかんのと言いながら、トンカツとカツ煮、それからキャベツの千切りは用意できた。

ホワイトボードに備え付けてあるペンを手にして、メモを書き込む。

『トンカツとカツ煮を作った。好きに食え。どっちかを昼どっちかを夜用にでもしてくれ』

母親は出かける前にドタバタ準備をするタイプではないし、家事ができない人でもないので、こうやってメモしておけば勝手にやっていくだろう。

「しかし、カツとキャベ千だけってのもな……。ポテサラでも作っとくか？」

時計を確認し、まだ行けそうだと判断した醍醐は、ジャガイモを探し始めるのだった。

◆

「むぅ、トンカツ食べたい」

朝、ショークリアは目をさますなり、そう小さく呟いた。

トンカツを作る前世の自分の記憶を夢で見たのだ。

なまじ鮮明な夢だったせいで、油の海を泳ぐカツや、割り下の池に浸かるカツに、脳味噌と胃袋を刺激されまくってしまったのである。

（パン粉はダエルブがあるわけだし……）

ソースがないが、塩でも問題はない。とにかくザクザクな衣に包まれたジューシーな肉にかぶりつきたい。

だがそれはフライドチキンなどではダメだ。今回の欲求は鶏肉では代用が効かない。豚系か牛系の肉が欲しい。

「……鎧甲皮《ロムラー》のボアがいるわね」

では何の肉が欲しいか――そう考えた時に脳裏に過ぎったのは、硬い鎧皮《がいひ》を纏ったイノシシだ。

あれの肉は、前世の豚肉の味に非常に良く似ている。

今日は、近くの森へと狩りに行くのがいいだろう。

ささっと行って帰ってきたいところだが、この間ミローナに怒られたのは、まだ記憶に新しい。

(ミロは誘わねぇとダメだな。それと護衛としてサヴァーラかカロマも付いてくる感じになるか？)

多めに狩ってこれるならそれで良い。

夕飯に出てくるカツの量が増えるだけだ。

馬車を手配しておいたほうがいいかもしれない。

――などと、ベッドの中でいろいろと考えていると、部屋のドアがノックされる。

「お嬢様、起きておられますか？」

「起きてるわ。入っていいわよ」

「失礼します」

そうして、中に入ってきたミローナを見たショークリアは、勢い良く飛び起きる。

そして、力強く宣言した。

「今日の夕飯はトンカツよッ！」

「……はぁ？」

そんなショークリアの姿に、ミローナは朝から何を言ってるんだろう？　――という眼差しを向けながら首を傾げるのだった。

醍醐にとって学校というのは、通う意義の見いだせない場所だった。

通う意味がない場所と言うつもりはない。それどころか、ふつうに学校に通ってふつうに授業を受けたいとすら思っている。それが些細な憧れになってしまっているくらいだ。

だが学校という場所への憧れはあっても、上手くはいかない。

大人しくしてても教師やクラスメイトは勝手にビビる。

授業は聞きたいがそうやってビビられて授業が進まないなら、自分の存在は邪魔だろう。ほかの生徒の邪魔をしたいワケではないのだ。

だから醍醐は、適当なタイミングで教室から出ていく。

そうするともはや学校にいる意味もなくなってしまうので、早退でもしようかと思うのだが、校門や裏門を見張る教師が仁王立ちして通せんぼしてくる。

「また早退か、鬼原」

「うるせぇな。だったらオレが大人しくしてる時にはちゃんと授業しやがるようにほかの教師に言っとけよ。勝手にビビって勝手に授業止めんだからよ」

醍醐の言葉に対して、怒らず顔を顰《しか》めるのだから、この教師はマシなのだろう。

「オレだってちゃんと授業を受けてぇ時もあんだよ」

「だったらサボらず授業を受ければいいだろう？」

「オレがいねぇほうが授業がスムーズに進むんだ。それならそれでいい。ほかの連中の邪魔をしたいワケじゃねぇ。お邪魔虫はとっとと退散するに限るさ」

「お前……」

言うだけ言って教師の脇を抜けていく。

通せんぼしていたはずの教師は、醍醐を止めることなく渋面を浮かべたまま立ち尽くしていた。

（人が良すぎるのも大変だなぁ、おい）

そんな教師の様子に苦笑しながら、醍醐は商店街を目指す。

あの教師はおそらく、今回の一件をほかの教師に話すことだろう。だが、どうせ受け入れてはもらえないだろうし、改善なんて見込めない。

醍醐にとって、こんな流れで学校から抜け出すのは日常のようなものだ。

だからこそ、彼は学校にいることに意義を感じない。それでも毎日ちゃんと通学している理由があるとすれば、母親を心配させないためのアリバイ作りだ。

そんな醍醐が退学にならない理由は——学校内では基本問題を起こしてないことと、中間や期末などのテストの際には赤点を一切取ってないからである。

だからこそ、教師たちは醍醐の扱いに困っているのかもしれないが。

「屋上でトンカツ弁当喰ってから抜け出せばよかったかもなぁ……」

当の本人は必要以上に気にすることなく、食べるタイミングを逃した弁当に思いを馳せていた。

「今日は夕飯に向けてトンカツを作るわよシュガールッ！」

狩りから帰ってきたショークリアは、身を清めた後で調理場へとやってくるなりそう宣言する。

「なんだか知らねぇが、望むところだッ！」

「ちなみに、トンっていうのはイノシシ系の魔獣のお肉のコト。カツっていうのはカツレッっていう調理方法を示した言葉よッ！」

「カツレッ！　どんな調理方法なのか楽しみだ！」

もはや二人そろって勢いだけでやりとりしている。それをわかっているミローナは敢えて何も言わなかった。

「サヴァランに使ってるような塩気の薄いダエルブって余ってる？」

「おう。最近は結構あっちを食べたいって奴が増えてるからな。常に余裕を持って用意してあるぜ」

「よーし、それなら……」

ダエルブを大量にちぎって細かくし、パン粉ならぬダエルブ粉を作る。

そこから料理を進めて行くと、シュガールが小さく手を叩いた。

「なるほど。こいつはレズティンクスに似た料理か！」

「レズティンクス？」

ショークリアが首を傾げると、シュガールが解説してくれる。

小麦や卵を、水や酒で溶いたものに肉を潜らせて焼く料理だそうだ。恐らく前世で言うところのシュルニッツェルに近い料理だろう。

それを聞いて、ショークリアはうなずく。

「そうね。そのレズティンクスを作る時の調味液《どろ》に潜らせたうえで、さらにダエルブ粉をまぶして、油で揚げる料理よ」

「そうか、焼くんじゃなく揚げて作るレズティンクスをカツレツというのか」

「ダエルブ粉をまぶすのが一番重要なところだから忘れないでね？」

「おうよ」

ショークリアとシュガールは作業を進めていき、やがてトンカツの試作一号が完成した。

「切り分けるぜ、お嬢？」

「ええ。お願い」

熱々の衣がザクザクと音を立てる。

シュガールが差し込んだ包丁がトンカツを一口サイズに切り分けていく。

「ミローナも食べて感想聞かせてね？」

この三人での料理の試食会もすっかり馴れてしまった。今更ミローナを仲間外れにするつもりはないので、ショークリアは一言声を掛ける。

「うん！」

彼女がうなずくのを見て、シュガールもミローナの分も用意した。

「それじゃあ食べましょうか」

そうして三人は食の子神に祈りを捧げて、試作品を口に運ぶのだった。

◆

サクリ――という軽い音と、しっかりとした肉の歯ごたえ。

一度冷めてしまったものを温め直したのだが、悪くない。

肉も良い肉だったのか、温め直したのに硬くならず柔らかいままだ。

「我ながら美味くできてるじゃねーか」

朝、出来立てを試食した時にも思ったが、なかなか良いデキに作れた。

公園のベンチで自作のトンカツ弁当を食べながら、醍醐は笑う。

「こりゃあレンジを貸してくれたおばちゃんに感謝だな」

商店街の八百屋のおばちゃんは、買い物をする度にお節介に絡んでくる人なので苦手だ。だけど今日はふとした思いつきで、電子レンジを貸してくれと頼んでみたのである。するとおばちゃんは快くＯＫしてくれた。

「商店街のおっちゃん、おばちゃんは、良い人たちなんだよな」

自分みたいな奴でもふつうに買い物をさせてくれるのは大変助かる。

変にスーパーやコンビニとか行って、店内で誰とも知れない連中にケンカ売られたりすると、店に迷惑を掛けてしまう。

商店街の肉屋や八百屋などの専門店で買い物をすれば、そういう連中との遭遇率も下がるし、遭遇してもすぐに店の外に出られるなど利点が大きい。

もちろんその限りではないのだが、周囲へのリスクを減らせるというのが大事なのだ。

その結果、商店街のおっちゃん・おばちゃんに良くしてもらえているのは、良いことなのだろう。

「ごちそうさまでした、と」

トンカツと一緒に入れてきた千切りキャベツとポテトサラダも綺麗に平らげて、醍醐は弁当箱を片づける。

お昼を食べ終えてしまうと、醍醐としてはもうやることがない。

家にでも帰って、勉強なりゲームなりをしたいところだが――

「お袋、さすがにもう家を出てるよな」

母親と会うのはバツが悪い。

そんなことを考えながら、醍醐はベンチから立ち上がり大きく伸びをするのだった。


「おお！」

「美味しい！」

食卓に並んだトンカツ。

それを一口食べたフォガードとガノンナッシュが嬉しそうに声を上げた。

「レズティンクスに似ているようですが、衣の食感が全く違いますね」

マスカフォネもそう言いながら美味しそうに口に運んでいる。

「みんなに気に入ってもらえたようで良かったわ」

朝、突然食べたくなった勢いのままに作った料理だったが、家族からの評判が良いようで一安心だ。

ちなみに、試作品では塩気の薄いダエルブを使ったが、完成品では敢えて通常の塩気の強いダエルブを使った。

ソースもなく、最後に塩で食べるのであれば、最初から衣に味があっても良いのではないかと思ったのだ。

作ってみると案外悪くなく、厚めに切られた肉と一緒に頬張れば、ちょうどよい塩梅になってくれる。

少し味を濃く感じたならば、山盛りに添えられているキャベツに似た味の松葉のような野菜エガブニプを食べて中和すればいい。

何より瑞々しくシャキシャキとした歯ごたえのエガブニプは、トンカツと一緒に食べても美味しい。

「新鮮なエガブニプは珍しくありませんが、お肉と一緒にこんなに美味しく食べられるだなんて思いませんでした」

野菜を美味しく食べられるのが嬉しいのか、マスカフォネは少量のトンカツに対し多めのエガブニプを食べている。

フォガードとガノンナッシュもそれぞれの食べ方でトンカツを楽しんでくれているようだ。

(やっぱ作ったモンを美味いって言ってもらえるのは嬉しいよな。作り甲斐ってやつがある)

それは前世も今世も変わらない。

あるいは――

(作りたかったのはトンカツじゃなかったのかもしれねぇな)

なんであれ、みんなが美味しそうな顔をしているのを眺めながら、ショークリアは自分のトンカツを口に運ぶのだった。


「ただいまー」

玄関に鍵が掛かっていたし、母親の仕事靴もなかったので誰もいないのは明白だ。

それでも口にしてしまうのは、習慣のようなものだろう。

醍醐はそのままキッチンへと向かい、空の弁当箱をテーブルの上に置いてから自室へと向かった。

カバンをベッドの上に放り投げ、さっさと私服に着替えた醍醐はキッチンに戻る。

それから、冷蔵庫に掛かったホワイトボードを見てみると――

「………………」

思わず、笑みがこぼれる。

そこには母親からの『美味しかった』というメッセージが書かれていた。

よほど美味しかったのか、ホワイトボードびっしりに感想が添えてある。

今まで見てきたなかで一番の長文かもしれない。

(作った甲斐があったな)

素直に、そう思う。

ついでに、自分が料理をがんばるようになった理由を何となく思い出して笑みがこぼれる。

醍醐は嬉しさを隠さぬまま最後までキッチリ読むと、笑みを深めた。

そして――

「何よりだよ」

ホワイトボードに向けてそう口にした醍醐は、上機嫌に弁当箱を洗い始めるのだった。

……そう、あの時のことはよく覚えている。

ホワイトボードに書き込まれていた細やかな感想の一字一句を覚えている。

面倒くさかったけど、作って良かったと思えた出来事。

どうして自分が料理を作り出したかを思い出させてくれた出来事でもある。

忙しい母親に変わって家事をしているだけだったのが、いつしか喜んで欲しいに変わっていた。

特に料理は、美味しくできると母親はすごく喜んでくれていたから――

今日はトンカツを作る夢を見たから、トンカツを作りたくなったかもしれない。

けれど、あるいは――

トンカツを通して、家族が美味しいと喜ぶ声と顔を見たくなったのかもしれない。

実際、家族が美味しそうに食べている光景を見て満足している自分がいる。

「どうかしたのかしら、ショコラ？」

家族のことを眺めていたら、マスカフォネが不思議そうな顔をして聞いてきた。

それに――「なんでもない」と答えるのは簡単なのだが、今日は何となく口にだしたい気分だった。

「作ったモノに対して、美味しいと笑顔で言ってもらえて嬉しくて。それを噛みしめていたところです」

「そう」

ショークリアの答えに、マスカフォネが微笑む。

「どんなことであれ、誰かのためを思って成したコトを、その誰かに喜んでもらえるのは嬉しいコトですものね」

「はい」

この世界で料理を始めた理由は、塩気の強い料理以外を食べたかっただけだったけれど……。

家族や仲間を喜ばせるために、もっと美味しい料理を求めてもいいかもしれない。

「ショコラ、もっと美味しいモノ作ってよ！　トンカツみたいに美味しいモノなら大歓迎だからさ！」

「そうだな。何なら、領地発展につながる料理を開発してくれて構わないぞ」

「二人とも、あまりショコラに無茶を言わないの。ショコラも、貴女ができる範囲で構いませんからね？」

ガノンナッシュとフォガードを窘めているようで、マスカフォネからも期待を感じる。

だからだろう。ショークリアは力強くうなづいて見せた。

「まっかせてッ！　もっといろいろ考えるからッ！」

ショークリアが、未来で『美食屋』の二つ名を持つ女傑となるフラグは、この時に立てられたのかもしれなかった。

Recipe 1

キャラクターデザイン公開

『鬼面の喧嘩王のキラふわ転生～第二の人生は貴族令嬢となりました。夜露死苦お願いいたします～』で活躍するキャラクターたちのデザイン画を特別公開！

Illustration：古弥月

ショークリア・テルマ・メイジャン

鬼原醍醐が転生した貴族令嬢。愛称はショコラ。イケメン系の美少女だが、興奮すると言葉使いが悪くなることも。男装もする。

鬼原醍醐　おにわら だいご

母親思いで優しい性格の少年だが強面のせいで喧嘩を売られてきた。料理が得意。

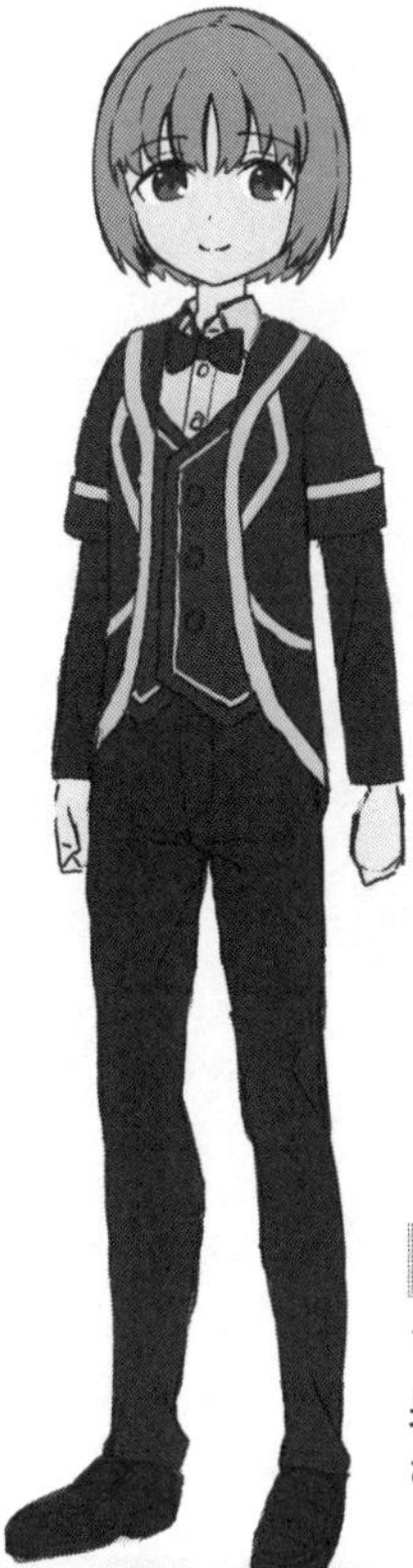

ガノンナッシュ・クリム・メイジャン

ショコラの兄で家族思いなところがある少年。男装するショコラに影響を受けて女装を楽しむことも。

フォガード・アルダ・メイジャン

ショコラ、ガノンナッシュの父。“炎剣の貴公子”と謳われる騎士で社交界にファンも多いらしい。

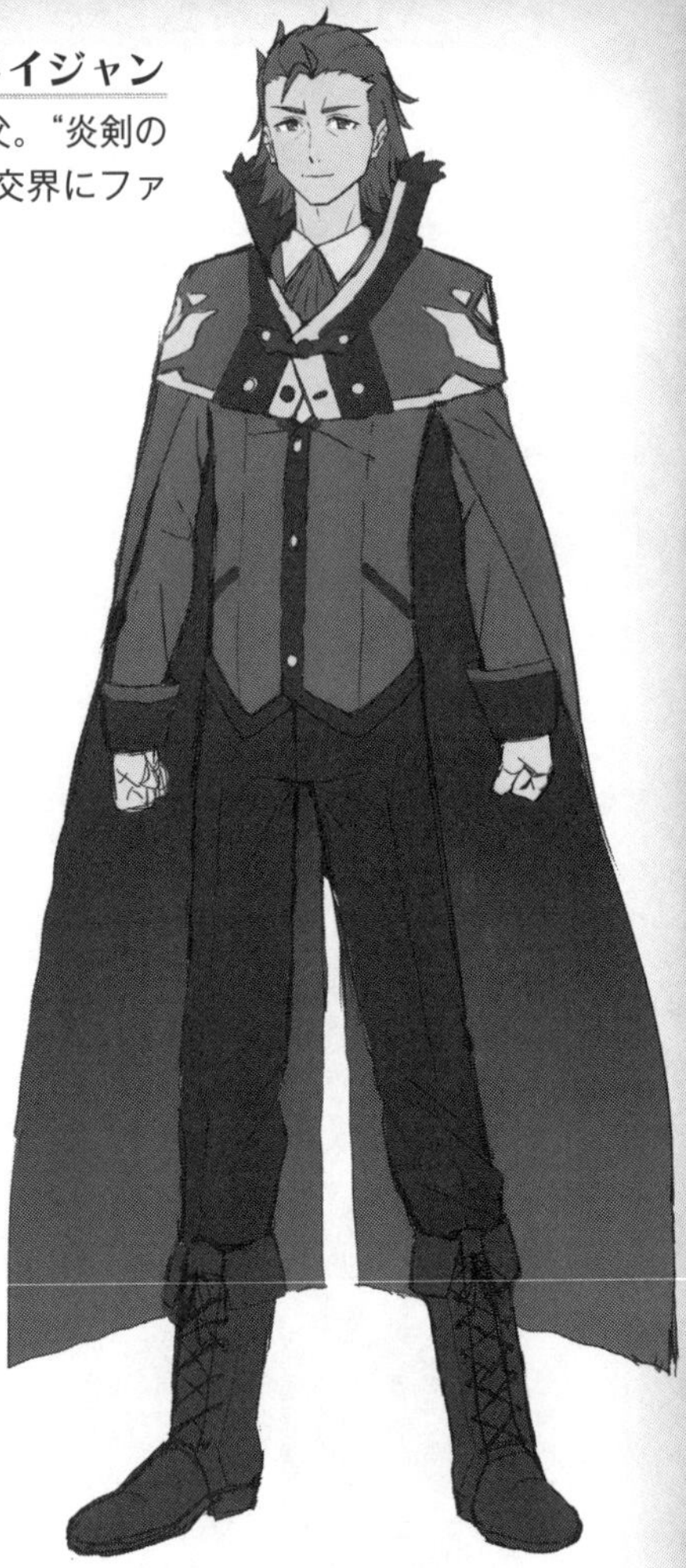

マスカフォネ・ルポア・メイジャン

ショコラ、ガノンナッシュの母。フォガードが言うには国内で上位に入るほどの美貌の持ち主。

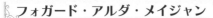

ミローナ・メルク・ヴァンフォス

メイジャン家侍女長の娘で、幼い頃から侍女教育を受けている。ショコラとは主従の関係を超えて仲良し。

シュガール・トウキス

メイジャン家の料理長。ショコラ提案の新料理に果敢に挑んでくれるショコラのよき理解者。

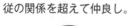

あとがき

初めましての方は初めまして。北乃ゆうひと申します。

あるいは別の場所で北乃のコトをご存じの方はお久しぶりです。

この度は『鬼面の喧嘩王のキラふわ転生』こと『喧キラ』をお読みいただきありがとうございます。前世ヤンキーな転生少女ショコラの物語、いかがだったでしょうか。お読みいただいた方々が少しでも楽しんでいただけたなら幸いです。

……とまぁ堅苦しい挨拶はこの辺にして、あとがきです。あとがきなんですけれど……。

ココってなにを書けばいいんでしょうね？

いや、自分が読者側のときはあとがき読むの結構好きで、楽しいあとがき書かれてる作家さんたちのコトを「すごいなーたのしいなー」と無邪気に読んでましたけど、いざ自分が書くとなると、意外と書けるコトがないものです。

毎度毎度のコトなんですが、いつも困ってしまうワケですね。

そして書くネタが思いつかないと、古《いにしえ》の『カブトムシのヒミツ』とか語るしかないんじゃないかって気もしてきてしまいます。ええ、そうです。カブトムシのヒミツのはずなのに、語り始めに両親が離婚したり、深刻な兄弟喧嘩をしたり、家が火事になったりするコトでお馴染みの、アレです。

え？　知らない？　ほら、カブトムシって空を飛べるんですか？　って質問に対して、飼ってたワンコが亡くなるところから始まる悲しい話が展開し、ショックで虫かごを落としたらフタが外れちゃって、カブトムシが青空に吸い込まれるように飛んでいって姿を消したみたいなストーリーのラストに、この通りカブトムシは飛べるよ、みたいに質問に対する正しい答えを告げて〆るっていう——え？　そんなのは良いから本書の作品解説とかやれって？　そうか！　その手があったッ！

そんなワケで、本書は何気に家事エキスパートぎみな不良が異世界の貴族令嬢にＴＳ転生するお話です。女の子になったコトで人目を気にせず好きなコトができるようになった主人公。女の子に生まれたコトに戸惑いはあれど、元不良なのに刺繍もお茶も作法もそこまで嫌じゃないってノリは面白いんじゃないだろうかと思い書き始めました。でも、ただそれだけだと、ヤマもオチもイミもなさそうなストーリーにしかならなそうだったので、料理が美味しくない世界と、女性の立場が低いというエッセンスを加え、騒動が起こりやすくｓ——

（ぴーんぽーんぱーんぽーん。そろそろ終わりの時間です。謝辞をはじめましょう）

あら。話の途中ですが、どうやらそろそろ紙面が尽きるようなので、謝辞に移りましょう。

ＷＥＢで連載をしていた本作に打診をくださり、書籍になるところまで連れて来てくださった担当さん。素敵に無敵なめちゃ可愛《カワ》イラストを描いてくださった古月弥先生。ガラスハートでクソ雑魚ナメクジメンタル男子こと北乃の尻を蹴飛ばしながら応援してくれている嫁さん。

ＷＥＢ版を読んでくださった方々と、本書を手にとってくれた皆々様に——

改めて——最大級の感謝《ありがとう》を。ではまた。

北乃ゆうひ

鬼面の喧嘩王のキラふわ転生

～第二の人生は貴族令嬢となりました。夜露死苦お願いいたします～

2023年3月31日 初版発行

【著　　者】北乃ゆうひ

【イラスト】古弥月

【編集】株式会社 桜雲社／新紀元社編集部
【デザイン・DTP】株式会社明昌堂

【発行者】福本皇祐
【発行所】株式会社新紀元社
〒101-0054　東京都千代田区神田錦町1-7　錦町一丁目ビル2F
TEL 03-3219-0921 ／ FAX 03-3219-0922
http://www.shinkigensha.co.jp/
郵便振替　00110-4-27618

【印刷・製本】中央精版印刷株式会社

ISBN978-4-7753-2077-8

※本書は、「小説家になろう」(http://syosetu.com/) に掲載されていたものを、改稿のうえ書籍化したものです。